CONTENTS

PROFILE

うずまきナルト

体内に妖狐が封印された少年忍者。火影《ほかげ》をめざしている。

春野サクラ

ナルトのチームメイトのくノ一。医療忍術を体得している。

奈良シカマル

めんどくさがりの中忍。「影真似の術」を得意とする。

サ イ

感情を表さない実力派。絵を実体化させる術「超獣偽画」を使う。

はたけカカシ

ナルトたちの先生でもある上忍。血継限界の「写輪眼」を持つ。

綱 手《ツナデ》

木ノ葉隠れの里の五代目火影。

我愛羅《ガアラ》

砂隠れの里の風影。砂を自在に操る。

卑留呼《ヒルコ》

木ノ葉出身を名乗る謎の忍者。「壱《イチ》」「弐《ニ》」「参《サン》」という名の配下を従える。

原　作◆岸本斉史
「週刊少年ジャンプ」(集英社)連載中
監　督◆むらた雅彦
脚　本◆武上純希
キャラクターデザイン◆西尾鉄也
配　給◆東　宝
製　作◆劇場版NARUTO製作委員会2009

NARUTO -ナルト-　疾風伝　火の意志を継ぐ者

序

どろどろと音を立て、遠くで雷《かみなり》が閃《ひらめ》き走る。

渦《うず》を巻く暗い雲の中を、鮮《あざ》やかな水墨画《すいぼくが》の鷲《わし》が、あたかも本物の鳥のように風に翻弄《ほんろう》されながら飛んでいる。

その背には、細身《ほそみ》の忍者が、風に装束《しょうぞく》をはためかせ、鷲の背をしっかりとつかんでまたがっている。忍者の名はサイ。自《みずか》ら描いた水墨画を命あるもののように操《あやつ》る、忍法〈超《ちょう》獣偽画《じゅうぎが》〉の使い手である。

「ここか……血継限界《けつけいげんかい》の忍《しのび》たちの足取りが途絶《とだ》えたのは……」

眼前でうねっている黒雲を見渡して、サイはつぶやいた。

「ん？」

視界の端《はし》を何かがよぎったような気がして、サイははっとその方向に目を向けた。この激しい風の中で、大きな羽根が宙をひらひらと舞っている。それも一枚や二枚ではない。サイは、その表面にぼんやりと光を帯《お》びている模様に気がついた。

「はっ!?」

サイが鷲に身をかわさせるより早く、羽根がいっせいに爆発した。爆風にあおられ、墨《すみ》絵《え》の鷲がきりきりと宙を舞う。

なんとか姿勢を立て直し、風をつかんでふたたび上昇に移る鷲の背後で、垂《た》れ込《こ》めた黒雲を突き破って飛び出す何物かの姿が見えた。

それは、仮面をつけた巨大な鷹《たか》だった。猛然と急降下してきたそれは、巨大な翼《つばさ》をばっと開き大きく羽ばたかせながら、サイたちの後を追って水平飛行に移る。

「——なに！」

速い。サイが気づいた時には、鷹はすでに相当の距離にまで接近していた。かわす間もなく、サイのまたがった鷲は突進する鷹に体当たりされていた。

「うわっ！」

術が破られ、墨に戻って崩《くず》れ落《お》ちる鷲の背から、サイが放り出される。

吹き荒れる突風にあおられながら、身を丸めて落下するサイは、頭上を悠然《ゆうぜん》と舞う奇怪な鷹の姿を見上げた。

「……くっ、あれは……」

広げた翼の内側に、特徴的な模様が見えた。鷹はそのまま高度を増して、流れる黒雲の中に姿を消していった。

敵の消えた方向に悔《くや》しげな視線を向けながら、サイは黒雲の中をどこまでも落ちていくのだった。


「サイーッ！」

凄《すさ》まじい風雨が、急峻《きゅうしゅん》な岩場に叩《たた》きつけている。常人なら立っていることさえ難《むずか》しいその場所を、疾走《しっそう》する少年の姿があった。

少年の名をナルトという。木《こ》ノ葉《は》隠《がく》れの若き忍者である。

「戻れ、ナルト！　任務を続行するんだ！」

そのナルトに追いすがり、厳《きび》しい声で叫《さけ》んだのは、彼の師であり小隊リーダーでもある上忍《じょうにん》カカシだった。

「オレは、サイを見捨てねえっ！」

叫ぶや、ナルトは岩場から身を翻《ひるがえ》して飛び降りていく。

「あ!? ナルト！」

カカシのすぐ後ろで、やはりナルトを追走していたくノ一のサクラが声を上げた。こんな見通しのきかない場所で、なんて無謀《むぼう》な！

ナルトは二人との距離を開きながら、雲の中を山頂に向かって飛ぶように走っていった。その雲を抜け、山頂に近づく頃には嵐もその勢いを弱めていた。ナルトは跳《は》ねるように岩場を走り抜け、奇怪な形をした巨岩を遠くに望む場所で足を止めた。

流れゆくちぎれ雲の向こうに、黒々とその姿を浮かび上がらせるのは、岩でできた巨大な龍《りゅう》の顎《あぎと》だった。さらにその向こう、山頂のあたりにそびえるのは、明らかに人の手による巨大な建物だった。

龍の岩には、その建物への入り口らしい門がしつらえてあった。目をこらすと、門の前に倒れている人影が見えた。

「!? サイーッ！」

近づいてみると門は思ったよりもずっと巨大だった。ナルトは倒れているサイに駆け寄って、ぐったりとしたその身体《からだ》を抱き起こした。

「サイ、しっかりしろ！」

ナルトの顔がはっと頭上に向けられる。グルル、ウルルと獣《けもの》が喉《のど》を鳴らす音が聞こえてきたからである。

門の真上で、鎧《よろい》をまとった二頭のジャッカルが目を爛々《らんらん》と輝かせ、じっとこちらを見下ろしていた。

「ガアッ！」

吠《ほ》え声《ごえ》とともに、手前のジャッカルがナルトたちのもとへと飛び降りた。巨大な獣だった。ナルトはサイを抱《かか》え、とっさにその場を飛《と》び退《の》いていた。

さらにその後を追って、もう一頭も降りてくる。巨体が岩場に着地したとたん、地響《じひび》きにも似た重い音が響いた。

さらに大きく飛んでかわしたナルトは、サイを抱えたままで印《いん》を結んだ。

「影分身《かげぶんしん》の術！」

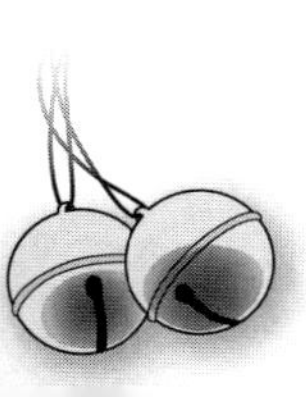

ボン、ボボボンと空気の破裂する音とともに、空中にあらわれた煙の中からナルトの影分身たちが出現する。

「いっくぞおおおおお！」

影分身たちは、逃げるナルトとサイをかばうようにジャッカルに向かって駆け出した。

だが、いくらも進まないうちに、影分身はジャッカルが鎧の背から放《はな》った槍《やり》のような武器に貫《つらぬ》かれ、煙となって消えていった。さらに槍は逃げるナルトの背に追いすがり、その肩をかすめて通り過ぎていく。

ズシャッ！

左肩に強い衝撃《しょうげき》を受け、ナルトはつんのめったが、足を止めようとはしなかった。

そのナルトの走っていく向こうから、岩場を蹴《け》って飛び上がる姿があった。カカシである。その姿を認めたジャッカルの一頭が、うなり声を上げながらカカシに突進した。

「雷切《らいきり》！」

右手にたくわえた雷遁《らいとん》のチャクラが、激しく電光を放つ。バチバチ、チチチチと無数の鳥がさえずるかのような音を響かせて、カカシは向かってくるジャッカルに飛びかかっていった。

カカシが雷切の術でジャッカルを地に叩きふせると同時に、残るもう一頭に向かって飛んだのはサクラだった。

空中のサクラめがけ、ジャッカルの背に取りつけられた槍が放たれる。槍は、背から伸びた半透明のヒモのようなもので操られ、弧《こ》を描いてサクラに襲《おそ》いかかった。

「しゃあああああんなろぉおおおおーっ！」

だが、サクラはそれを軽々とかわし、チャクラを込めた金剛力《こんごうりき》の拳《こぶし》で、ジャッカルの頭部を、したたかに殴《なぐ》りつけていた。

ゴッ！

重い衝撃音とともに、ジャッカルの巨体が地面に叩きつけられ、岩場を砕いてその中にめりこんだ。巨獣は全身を痙攣《けいれん》させ、そのままぐったりと動かなくなった。


いつの間にか雨は上がっていた。

近くにあった岩場に身を隠しながら、サクラはサイに治療をほどこしていた。

目を覚まさないサイを心配して、サクラの肩越しにナルトがのぞきこむ。

「サイは大丈夫か？」

サクラはサイの胸に手を当て、チャクラを送り込んでいたが、手を離して治療を中断すると、すっくと立ってナルトに向き直った。

「え？」

流れるような動きで振り上げられたサクラの平手が、無防備なナルトのほっぺたにきれいに決まっていた。怪力でそのまま吹き飛んだナルトは、きりきりと回転して、近くにあった岩に顔から突っ込んでいった。

「な、なにするんだってばよ、サクラちゃ――」

顔を岩から引きはがし、振り返ってよろよろと立ち上がろうとしたナルトは、つかつかと近寄ったサクラに襟首《えりくび》をつかまれて思い切り引っ張られた。襟が大きく肩口まで伸びて、その下にある傷をあらわにする。

「ほらっ、あんただってこんなにひどいケガしてるじゃない！　どうせ突っ込んでいくんなら、もう少し考えてからにしなさい！　このおっちょこちょいでせっかちのわからずや！」

「……ふむ」

そのやりとりを少し離れた場所でながめながら、雲が割れ光が差し始めた空を見上げ、カカシはつぶやいた。

「おまえによく似てるよ……なあ、オビト……」

消えた血継限界の章

1

木《こ》ノ葉《は》隠《がく》れの里に帰還したカカシは、火《ほ》影《かげ》である綱手《ツナデ》を前に、任務の結果を報告していた。

「各里から失踪《しっそう》した、血継限界《けっけいげんかい》の忍《しのび》たち四人の足取りを追いましたが——」

カカシたちは、ここ最近頻発《ひんぱつ》している忍者の失踪事件について調査していたのだった。

姿を消した忍者たち全員が血継限界の持ち主であったことが、事件を単なる失踪ではすまないものにしていた。

「すべて、ここに」

火影の執務《しつむ》室には、五大国のある大陸の地図が広げられていて、カカシは、その中の一点を指さした。

「岩隠《いわがく》れの里、土《つち》の国《くに》と草隠《くさがく》れの境界付近に広がる金輪《こんりん》山脈の須弥《しゅみ》山《せん》で途切れています」

地図に描かれた須弥山のあたりを見下ろしていた綱手は、顔を上げ、カカシをねぎらった。

「ご苦労」

「どうなさるおつもりです？」

綱手はカカシの提出した報告書に目を通しながら、カカシに答えた。

「あとはこちらでやる。心配するな」

だが、カカシが綱手を見る視線は物思わしげだった。

――次に血継限界の忍が狙《ねら》われるとしたら、それはおそらく……。

「どうした？」

カカシの様子《ようす》に違和感を覚え、綱手が報告書から顔を上げた。

「いえ……」

「そういえば、あいつらは大丈夫なのか？」

綱手はナルトたちのことを言っているのだった。報告には、任務中に負傷したことが記《しる》されていたからである。

「はい、むりやり入院させました」

答えるカカシに、綱手は背もたれに音を立てて寄りかかりながら、なげかわしげに言った。

「ふん、おとなしくベッドに入っているタマかな……」

カカシは、そのまま綱手に一礼して執務室を出て行った。廊下に出て後ろ手にドアを閉じたところで、カカシはポケットに突っ込んだ拳《こぶし》を出して、目の前で開いた。

その手のひらに載《の》っていたのは、ヒモのついた二つの小さな鈴《すず》だった。

カカシはその鈴をしばらくの間じっとながめていたが、ややあってそれをポケットに戻し、その場を立ち去っていった。

2

木ノ葉隠れの目抜き通りにある焼肉店、焼肉Qでは、チョウジが猛然と店の在庫を減らし続けていた。

「あんまり食うなよ、チョウジ」

一人で焼《や》き網《あみ》の上の肉をかっさらっていくチョウジを、うんざり顔でシカマルがながめている。

「アスマ先生は、そんなセコイこと言わなかったぞ」

チョウジはそう答え、大口を開けて焼きたての肉を放り込んだ。

「今日の主役はおめーじゃねーんだ。だいたい、そんなに食べるとデ——」

「シカマル！」

隣で黙々と肉を口に運ぶいのが、シカマルが何を言おうとしているかに気がついて、鋭い声で制した。デの一言《ひとこと》で表情がこわばったチョウジに、シカマルはあわてて、続けてブと発音しかけた声を呑《の》み込んだ。

「ま、まあ、ここはおごってやるけどよ」

「ごちそうになります！」

なんとかごまかせたと息をつくシカマルの耳に、後ろのほうからリーのものらしい声が響《ひび》いてきた。

「え？」

思わず隣の部屋をのぞきこんだシカマルは、そこに仲間たちの姿を見つけていた。キバ、シノ、ヒナタに、ネジ、リー、テンテンが、テーブルを囲んですでに焼肉をつついている。

「なんで……おまえたちまでいるんだ？」

食事の最中にもかかわらず、いつも通りに口元をフードで覆《おお》ったシノが、感情を見せない口調で答えた。

「なぜなら、ナルトとサイの快気《かいき》祝いを開くと聞いたからだ」

「オレもそうだ」

隣に陣取《じんど》ったネジがうなずく。テンテンがにこにこと隣のヒナタを指さした。

「ヒナタから聞いたよ」

そのテンテンの隣で、肉を自分の取り皿に山盛《やまも》りにしていたリーがシカマルを見上げた。

「ボクもです！」

ヒナタが、いつものように消え入りそうな声で、はにかみながら言った。

「ナルトくんがみんなに伝えてくれって……」

シカマルは腕組みしながら、顔を引きつらせてひとりごちた。

「あいつぅ、もっとこぢんまりやろうと思ってたのに……こうなりゃワリカンだ！」

キバが、生肉《なまにく》を手でつかみ上げながら言った。

「そういや、主役が遅いな」

そのまま肉を放ると、広い焼肉店の入り口で待っていた赤丸《あかまる》が、すかさず空中で受け止め、もしゃもしゃと食べ始めた。

「おまたせー！」

そこへ、ナルトが陽気な声を響かせた。

「おお！　みんな、やってるなー！」

「まずいよ、ナルト。ボクたちまだ退院許可は……」

ナルトに引きずられるようにしてやってきたのは、点滴を腕につけたままのサイだった。袋をつり下げた台を引っ張りながら、困り顔で入ってくる。

「いいから、いいから！」

「おまえ、勝手に人数を増《ふ》やすな！」

やってくるナルトに向かって、シカマルが顔をしかめた。

「祝ってもらうなら、多いほうがいいじゃん——な、サイ！」

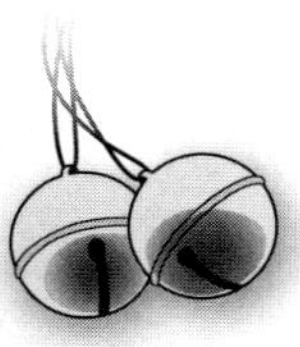

笑いながら、ナルトは同意を求めてサイの背中を叩《たた》いた。重傷だったサイは、その一撃で大きく足元をふらつかせた。あわててつかんだ点滴台ごと倒れそうになって、顔を引きつらせる。

「あっ点滴が！」

「みんな！　オレたちの快気祝いだ！　たっぷり食ってくれってばよ！」

ナルトはそれにまったくかまわず、その場の全員に向かって元気よく言った。

「全部、シカマルのおごりだからな！」

「待て、オレはそんなこと！」

「ごちそうさまー、シカマルーッ！」

「よーし、オレたちも食べようぜ！」

ナルトはそう言って、サイを振り返った。当然サイがいると思った視線の先にいたのは、憤怒《ふんぬ》の表情を浮かべたサクラだった。それもすぐ目の前に。

「あんたたちぃ〰〰〰〰〰〰〰！」

サクラのビンタが、うなりを上げてナルトを襲《おそ》った。ナルトの身体《からだ》が木《こ》っ端《ぱ》のように宙に舞い上がり、一回転して地面に叩きつけられる。

さらに、返す平手が容赦《ようしゃ》なくサイも襲った。

潰《つぶ》れたカエルのようにはいつくばるナルトとサイを、サクラは鼻息も荒くにらみつけるのだった。


病院に連れ戻されたナルトとサイは、サクラの治療を受けていた。

「はい」

言いながら、サクラはならんで座る二人の背中をバシンと叩いた。

「ぎゃああああああああああーっ！」

病院の窓がびりびりと震えるほどの悲鳴が響き渡った。

「――おしまい」

「あいたたたた……」

ベッドに倒《たお》れ伏《ふ》したまま身動きさえ取れないサイを尻目《しりめ》に、ナルトは涙目《なみだめ》でサクラに向かって抗議の声を上げた。

「サクラちゃ〰〰ん、オレたち重傷なんだってばよ～」

「なに言ってんの！　そんな患者が焼肉食べに行く!?　いまのは懲罰《ちょうばつ》がわりよ！」

そう言い捨てて、サクラはナルトたちに背を向けた。

「……さすがナルト、治《なお》りが早いわね」

ちらりとナルトを振り返ってから、サクラは病室を出て行った。

そのサクラの背中を見送りながら、ナルトは不満げな声を上げた。

「なんであんなに怒ってるんだってばよーっ？」

そのサクラと入れ替わるように、入り口に姿をあらわしたのはカカシだった。

「やあ、元気そうだな」

「カカシ先生、見舞いに来てくれたのかぁ！」

カカシは二人の目の前までやってきて足を止め、にっこりと笑った。

「まあな。退屈してるだろうと思ってね」

言いながら、カカシは、小脇《こわき》に抱《かか》えていた本をサイに向かって差し出した。

「ありがとうございます」

サイが受け取った本は、『女心早分かり読本』というタイトルだった。何かを探すように、サイはページをめくっていく。

「……女の子は、心配している本心を隠すために、わざと怒ったり乱暴に振る舞ったりする……か」

サイは合点《がてん》がいったように顔を上げ、にっこりと笑った。

「参考になりそうです」

「オレにはぁ？」

不満げな顔で見返すナルトに、カカシは苦笑を浮かべた。

「おまえ、本なんか読まないだろ。かわりに、これ頼むよ」

カカシがナルトに向かって差し出したのは、手のひらに載《の》る小さな箱だった。

「え？　なんだってばよ、それ？」

受け取った箱の中にあったのは、二つの小さな鈴《すず》だった。サイが不思議そうにたずねた。

「なんだい、それは？」

「これは……」

ナルトは、その二つの鈴を見つめながら、最初にこの鈴を目にした時のことを思い出していた。

3

忍者学校《アカデミー》を卒業したばかりのナルトたち第七班は、カカシによって里の外《はず》れにある演習場に呼び出されていた。

「よし、一二時セットOK！」

大きな丸太の杭《くい》の上に置いたタイマーのボタンを押してから、カカシは目の前のナルトとサクラ、それにサスケに向かって、おもむろに説明し始めた。

「ここに鈴《すず》が二つある。これをオレから昼までに奪《うば》い取《と》ることが課題だ」

思えば最初から無理のある試験だった。鈴を奪えなかった者は昼飯抜きの上に、不合格者としてアカデミーに送り返されるということだったが、第七班は三人なのに、鈴は最初から二つしかなかったのである。つまり、七班のうち一人は必ずアカデミーに逆戻りになるということだった。

最初、三人はそれぞれに鈴を奪おうと競《きそ》い合っていた。アカデミーを卒業してすぐの新人が、上忍《じょうにん》、それも木ノ葉隠れでも五本の指に入る使い手であるカカシを相手に、そう簡単に鈴を奪えるはずがなかった。たとえカカシが『イチャイチャパラダイス』を読んでいる状態で、鈴は腰の見える場所に吊《つ》るしてあるにしても。

ナルトは当然としても、比較的器用だったサクラも幻術《げんじゅつ》にかけられ、アカデミーを出たばかりのレベルとはとても思えない腕前だったサスケも、やはりイチャパラを読むのをやめさせるのがせいぜいだった。

結局、カカシの目を盗んで弁当を食べようとしたナルトが捕まり、残る二人もなすすべなく時間切れとなった。

へたりこむ三人に、カカシは厳《きび》しい口調で言った。

「おまえたち、三人とも忍者をやめろ」

「忍者やめろって、どーゆーことだってばよォ！」

ナルトがくってかかると同時に、カカシは飛びかかってきたサスケを組《く》み伏《ふ》せていた。

「おまえらはこの試験の答えをまるで理解していない……」

「だから……さっきからそれが聞きたいんです」

サクラが語調を強めてカカシを見る。

「それは、チームワークだ」

鈴が二個しかないのも、すべてそれを試すためのものだった。自分を捨てて仲間を助けられる、そういう人間を見極《みきわ》めるのが、この試験の目的だったのである。

だが、ナルト、サスケ、そしてサクラはまるで早い者勝ちのように、ばらばらで鈴を狙《ねら》って動いていたのだった。三人で協力し合えば、鈴を奪うことができたかもしれないにもかかわらず。

「任務は班で行う！　確かに、忍者にとって卓越した個人技能は必要だ。が、それ以上に重要視されるのはチームワーク……それを乱す個人プレイは、仲間を危険に陥《おとしい》れ、殺すことになる……例《たと》えばだ……」

カカシは突然クナイを抜き出し、サスケの首筋に突きつけて言った。

「サクラ、ナルトを殺せ。さもないと、サスケが死ぬぞ」

「!!」

パニックに陥《おちい》るナルトとサクラをながめながら、カカシは何事もなかったようにクナイを引っ込めた。

「と……こうなる。人質を取られた挙《あ》げ句《く》、無理な二択《にたく》を迫《せま》られ殺される。任務は命がけの仕事ばかりだ！」

カカシはサスケを解放し、三人に背を向けながら続けた。

「最後にもう一度チャンスをやる……昼からは、もっと過酷《かこく》な鈴取り合戦だ！　挑戦したいやつだけ弁当を食え。ただし、ナルトには食わせるな」

カカシは、肩越しに鋭い目を三人に向けた。

「ルールを破って、一人昼飯を食べようとした罰《ばつ》だ。もし食わせたりしたら、その時点でそいつを試験失格にする」

そう言い残してカカシは姿を消した。

腹の虫を鳴かせながら、それでも強がるナルトの目の前に、二つの食べかけの弁当が差し出された。

「え!?　え!?」

「足手まといになられちゃ困るからな」

ナルトは二人の弁当を見下ろし、恥ずかしそうに笑いながら、言った。

「へへ……ありがと」

いきなり三人の前に煙とともにカカシがあらわれたのは、その時のことだった。

「おまえらぁああ！」

顔を引きつらせ、三人が身構《みがま》えるところへ、カカシはこれ以上ない笑《え》みをたたえて言った。

「合格！」


鈴取り試験の話に耳を傾けるサイに向かって、ナルトは続けた。

「サクラちゃんとサスケは、カカシ先生の言いつけを破ってオレに弁当を食わせてくれた……それを見つかっちまって、てっきり不合格になると思ったんだけど」

ナルトの脳裏《のうり》に、その時のことがはっきりと思い出された。

「カカシ先生は、オレたちを合格にしてくれた」

その時、カカシは三人に向かってはっきりとこう言ったのだった。

『忍《しのび》の世界でルールや掟《おきて》を破るやつはクズ呼ばわりされる……けどな！　仲間を大切にしないやつは、それ以上のクズだ』

「オレ、そん時のカカシ先生の教えをぜってー忘れねえ」

ナルトは手の中の鈴にじっと目をやりながら、嚙《か》みしめるようにそう言った。

「はぁ……」

不思議そうなサイを見返して、ナルトがたずねた。

「おまえ、教《おそ》わんなかったのか？」

「暗部《あんぶ》では、任務を遂行《すいこう》するためなら時に仲間も見捨てろと……」

「ふーん。おめえ、暗い青春送ってんだな」

そう言ってから、ナルトはカカシに顔を向けた。

「でも、なんでこれを？」

「見た通り、うっかり潰《つぶ》してしまったからさぁ、おまえに直しておいてほしいんだ」

「え～～～～～!?」

なるほど、確かに振っても音がしないわけだった。鈴の外側がべこりとへこんでいる。

「な、頼んだぞ」

カカシはナルトに歩《あゆ》み寄り、ぽんと肩に手を置いた。

「さて、ちょっと先を急ぐから……鈴のことよろしくな」

念を押すようにそう言い残し、カカシは病室を出て行った。

「ちょ、ちょっとちょっと、待ってよカカシ先生！」

ナルトの呼ぶ声に足を止め、カカシが肩越しに振り返る。

「じゃあな……」

その目に宿る寂《さび》しげな光に、しかしナルトは気づかなかった。

「こんなのどうやって直すんだぁー？」

病室を出て行くカカシの背に向かって、ナルトは叫んだ。

「自分で直せばいいじゃんかよぉ、カカシ先生！」

4

須弥山《しゅみせん》の険《けわ》しい斜面を、三つの人影が駆け上がっていた。

その顔につけた仮面から、彼らが木ノ葉隠れの暗部《あんぶ》であることがわかる。

彼らは風の吹きすさぶ険しい岩場を、カカシ班の発見した神殿に向かっているのだった。

「わかっているな……」

先頭に立つリーダーらしき一人が、背後の二人に声をかけた。二人はただうなずいた。

「今回は偵察《ていさつ》が主任務だ。危険を感じたら、すぐさま脱出を図《はか》るぞ」

姿を消した血継限界《けっけいげんかい》の忍者たちはもちろんだったが、追跡のために里から派遣《はけん》された追《お》い忍《にん》たちも、いずれも相当な手練《てだ》れぞろいだった。にもかかわらず、その全員がことごとく戻らなかった。

そもそも、この場所を探り当てたのも、カカシ班の働きによってようやく、といった状況であった。敵の正体は相変《あいか》わらず不明のままであり、各里トップクラスの忍者たちを葬《ほうむ》り去ったであろう戦力も、どれほどのものか見当がつかないも同然の状態である。

彼らが送り込まれた理由は、まさにそれを見極《みきわ》めるためだった。カカシ班の報告と、須弥山の孤立した環境を思えば、この場所に大兵力が伏《ふ》せているとは考えにくい。つまり、敵は少数精鋭《せいえい》だということである。

だとすれば、相手の能力はどのようなものか。送り込まれた忍者たちは、さまざまな術の使い手だった。それらすべてに対応し、打ち破ったとすれば、敵の力量はあの伝説の三忍さえ超《こ》えるものかもしれない。

暗部の三人は、未知の相手に備《そな》えて、可能な限りの探知や結界《けっかい》の術を事前に準備していた。

「敵の気配は？」

リーダーの問いに、左後ろの一人がかぶりを大きく振った。

「いまだ、ありません」

リーダーは足を止め、じっと周囲をうかがった。

「侵入者であるわれわれを、このままやりすごすとは思えないが……まあいい。報告では、山頂に巨大な神殿があるということだ。そこまで行けば、相手も何らかの動きを起こさずにはいられないだろう」

だが、彼らはすでに監視されていた。

須弥山の頂上近くにある龍《りゅう》の顎《あぎと》の巨岩から、暗部たちを見下ろす四つの人影があった。

「木ノ葉の暗部どもか……」

二メートルを超えるひょろりと背の高い男が、低くつぶやく。

「案ずるな。われに届く忍《しのび》はいない」

そう言って鼻を鳴らしたのは、一番奥にたたずむ小柄《こがら》な人物だった。子供のように見えるが、口元にはぐるぐると包帯を巻きつけている。その人影は素早く印《いん》を結び、気合《きあい》を発した。

「——喝《かつ》!」

たちまち人影から衝撃波《しょうげきは》が放《はな》たれ、遠く離れた暗部たちに襲《おそ》いかかった。

まったく予想もしなかった攻撃に、さしもの暗部の三人も、内心驚かずにはいられなかった。

「ばかな！　何の気配もなかったぞ」

感知の術を張《は》り巡《めぐ》らせていた一人が、驚きの声を上げた。

三人はかろうじて戦闘態勢を取るものの、そこまでだった。術の性質を見極《みきわ》め、それに対抗するための術を使うまでの余裕は残されていない。

もっとも、かりに彼らが冷静だったとしても、敵の放った術を防ぐ手立てはなかっただろう。その衝撃波は、暗部たちが念入りに張り巡らせた感知や防御の術を、触《ふ》れただけであっさり消滅させていたのである。

「わあっ！」

衝撃波が通り抜けるのと同時に、彼らの身体《からだ》から幽体《ゆうたい》のように白い影が抜け出て、ふわりと宙に舞い上がった。それはすうっと高く上昇してから、まっすぐに岩場の上の例の小柄な人影に向かって飛んでいった。

長い袖《そで》を持ち上げ、口元を隠したその人影に、三つの影が吸い込まれていく。

「この程度か……きさまらの属性は土遁《どとん》だな」

言うや、彼はふたたび印を結び始めた。

「むん！」

巳《み》で終わる印を結んでから、人影は低く気合を込めた。

同時に、暗部たちの立っていた岩場が大きく裂《さ》けていた。

「うわぁあ～っ！」

盛り上がった岩場が、あたかも生き物であるかのように暗部たちを呑《の》み込み、ふたたびもとへと戻っていく。

それを山頂から見下ろしていた一同は、全員が不敵な笑《え》みを浮かべていた。

「フフフ……時は来た」

一番奥の小柄な人影は、含《ふく》み笑《わら》いを漏《も》らしながらすうっと目を細めるのだった。


「綱手さま！」

いきなり執務《しつむ》室の扉が開かれ、シズネが部屋に飛び込んでくる。

「ん？　なんだ、シズネ？」

静かに書類に目を通していた綱手が、顔を上げた。興奮して肩を上下させるシズネの様《よう》子《す》に気づき、綱手はたずねた。

「須弥山に送り込んだ暗部から連絡でも入ったか？」

「いえ、それより空を！」

外に飛び出した二人は、上空に押し寄せる光の波と、その波を背景にそびえる巨大な影を見ることになった。それは、大きな襟《えり》とぐるぐると巻きつけた包帯で、口元を隠した人影だった。

その人影が、突然声を発した。

「わが名は木ノ葉隠れの里の忍者、卑留呼《ヒルコ》！」

綱手が目を細め、低い声で驚いた。

「なに！」

おなじ頃、ナルトやその仲間たちは、木ノ葉病院の窓から、通りから、やはりおなじ影を見上げていた。

「なんだってばよ!?」

「われの鬼芽羅《キメラ》の術により、四大忍里《しのびざと》の血継限界の忍法は、すでにわがものとなった」

カカシもまた、卑留呼の影にじっと目を向けていた。

「五番目の血継限界を手に入れた時、われは無敵、不死身の完全忍者となり、その力をもって第四次忍界《にんかい》大戦を起こし、すべてを支配する」

そして、卑留呼の影は、木ノ葉隠れだけではなく、雲隠《くもがく》れや岩隠《いわがく》れ、砂隠《すながく》れでも目撃されていた。

砂隠れの風影《かぜかげ》、我愛羅《ガアラ》もまた、卑留呼の影を物思わしげに見上げる一人だった。

まるで我愛羅を見下ろすように卑留呼は不気味な笑みを浮かべ、ゆっくりとその姿を薄れさせていくのだった。

例の卑留呼が出現してすぐ、火影《ほかげ》の館《やかた》の屋上に、木ノ葉の忍者たちが集められていた。

「本日、ただいまより、わが里に戒厳令《かいげんれい》を発令する」

空に映し出された木ノ葉所属を騙《かた》る忍者、卑留呼の出現は、木ノ葉隠ればかりではなく、全忍《しのび》大国に大きな緊張を強《し》いていた。綱手は緊張を感じさせる面持《おもも》ちで続けた。

「皆も承知のように、こたび起こった卑留呼なる忍者の一方的な宣戦布告により、わが里はいまだかつてない危機的状況に陥《おちい》った。いつ何時《なんどき》、他里よりの攻撃があるやもしれぬと心得ろ！」

綱手の号令一下、忍者たちは警戒《けいかい》のために散っていく。

病院の窓からその様子をながめていたサイが、ナルトを振り返った。

「なんだか里が騒がしくなってきたよ、ナル……ト？」

だが、緊迫《きんぱく》した空気などどこ吹く風で、ナルトはベッドに横になり、高いびきをかくのだった。

5

綱手は、火《ひ》の国《くに》と風《かぜ》の国《くに》の国境にやってきていた。

鋭くとがった岩山が林立するその場所で、砂隠《すながく》れの我愛羅と会談を持つためである。岩山の一部が掘り抜かれ、その中に築《きず》かれた会談用の広間の中で、綱手と木ノ葉隠れの一行は、いまや遅しと風影《かぜかげ》の到着を待っていた。

「風影は……我愛羅はまだか？」

すでに戦闘服に着替えているシズネが、奥のイスに腰掛けている綱手を振り返った。

「使節団はすでに砂隠れの里を出て、近くの峰《みね》までいたっております。あと、半時《はんとき》もあれば到着するかと……綱手さま？」

答えがないことをいぶかったシズネが、眉《まゆ》をひそめて綱手を見た。

綱手は静かに席を立ち、シズネの立っている窓の前までやってきた。

「こたびの事件、もはや木ノ葉だけでは手に余る。おまえの協力が必要なんだ……！」

綱手は窓の外をじっと見つめながら、厳《きび》しい表情でそう言った。

綱手が我愛羅との会談を急ぐのには理由があった。火の国の大名《だいみょう》に呼び出しを受けたからである。


「大陸を支配する五大国は、それぞれ忍《しのび》の隠れ里を持ち、他国からの攻撃や侵略に備《そな》えている」

大名屋敷の大会議室で、御簾《みす》の奥に座る火の国の大名を前に綱手が立っていた。御簾の手前に立つ大名の側近《そっきん》が、厳しい口調で綱手に言う。

「この大陸最大の勢力を誇《ほこ》るわが火の国は、長年、木ノ葉隠れの里を庇護《ひご》してきた……にもかかわらず、こたびクーデターの疑いあり。すでに各国は臨戦態勢を整《ととの》え、各忍里《しのびざと》はわが国の国境をめざし、侵攻を始めているという報告もある。これは、わが国と木ノ葉の信頼関係を著《いちじる》しく損《そこ》なうものである」

「お待ちください！」

綱手は凛《りん》とした声を上げた。

「確かに十数年前、卑留呼なる忍が、里に無断で鬼芽羅《キメラ》の術を研究していたことは認めます。しかし、その者はすでに里を抜けております」

側近は眉をひそめ、厳しく言い放った。

「弁明などいらぬ」

綱手は言葉に詰《つ》まった。唇《くちびる》を嚙《か》み、思わず身を引く。

「すぐにでも真犯人を明らかにし、事件を解決せよ」

「それができぬなら、木ノ葉隠れの里を取りつぶすまでのこと……」

側近の言葉を引《ひ》き継《つ》ぐように口を開いたのは、大名その人だった。

「即刻《そっこく》、身の潔白《けっぱく》を証明するのだ。それだけが木ノ葉を存続させる道だと思え」

綱手は窓の外に目を据《す》えたまま、低くつぶやいた。

「我愛羅……」

会談場所にほど近い谷間の上空を、仮面をつけた鷹《たか》がゆるゆると舞っていた。それは、サイを襲《おそ》ったあの鷹とおなじものだった。

おりしも、砂隠れの一行は、その真下にある谷間の道を進んでいるところだった。

従者たちに掲《かか》げ持《も》たれた輿《こし》の中で、一人瞑想《めいそう》していた我愛羅は、頭上から迫《せま》る気配に気づき、鋭い眼光を放つ目をちらりと頭上に向けた。

急降下に転じた鷹が、大量の羽根をまき散らし、ふたたび急上昇に移ったのはまさにその瞬間だった。独特の模様が刻《きざ》まれた羽根が、ひらひらと舞い降りて谷間を囲む岩壁に突き刺さり、一瞬の間《ま》の後《のち》、爆発した。

頭上で響《ひび》いた轟音《ごうおん》に、砂の従者たちが驚いて顔を上げる。頭上の岩が、破片と粉塵《ふんじん》をまき散らしながら、ゆっくりと岩壁を離れ、落下し始めるのが見えた。

「なに！」

「敵襲か!?」

崩落《ほうらく》する岩はその数をいや増し、怒濤《どとう》の勢いとなって谷底の砂の一行に襲いかかった。

ちょっとした建物ほどの大きさの岩が、一行のすぐそばに落下する。

悲鳴と怒号《どごう》の飛《と》び交《か》うなか、さらに小さな岩や石くれが降《ふ》り注《そそ》ぎ、立ち込める粉塵であたりがいっさい見えなくなった。

席に戻り、出された湯飲み茶碗を取ろうとした綱手は、キズひとつなかったそれが、見た目にもはっきりわかるひび割れを走らせるのを見た。

「!?」

表情を曇《くも》らせる綱手のもとに、暗部《あんぶ》の声が響いた。

「綱手さま……」

「うん？」

暗部の所属であることを示す仮面をつけた忍者が、通路から姿を見せた。

「砂隠れの一行が、大規模な崖崩《がけくず》れに巻き込まれた模様です」

「なんだと!?」

暗部は綱手の前に進み出て、懐《ふところ》に持っていた物を差し出した。

「その現場に、このようなものが……」

綱手は、受け取った物を松明《たいまつ》の光のもとにさらしてあらためた。それは黒こげになった大きな羽根らしいものの破片だった。これが起爆札《きばくふだ》のようなものであることは明らかだった。

綱手の息を呑《の》む音が聞こえた。

「綱手さま」

シズネが気遣《きづか》わしげに声をかける。

「嵐が来る……もっとも恐れていた事態に……第四次忍界《にんかい》大戦が起こるぞ」

6

そこは、須弥山《しゅみせん》の頂上に築《きず》かれた天空神殿、その中にある儀式の間《ま》と呼ばれる場所だった。

卑留呼は広間の中央に立って、頭上の天窓からのぞく夜空を見上げ、物思いにふけっていた。

「わが鬼芽羅《キメラ》の術だけでは、血継限界《けっけいげんかい》を喰《く》うことができない……特殊な術式が必要になる」

言いながら卑留呼は、十字架に磔《はりつけ》にされて広間を囲むようにならべられた忍者たちを見回した。

「四つの血継限界を取り込む術式は、すでになされた。しかし、五人目の血継限界の術者を取り込むためには、さらに天、地、人の条件がそろわねばならない」

広間の壁には、日蝕《にっしょく》――金環蝕《きんかんしょく》と呼ばれる、太陽の中央が欠け、光の輪となるもの――の図が描かれていた。

「まず天とは金環日蝕、そして地は須弥山。そして、人……」

卑留呼の目が、無人の十字架に向けられた。

「あの者の血継限界を取り込めば、わが体内で五行相生《ごぎょうそうせい》の関係が構築され、不死となり、完全忍者が完成する……五人目にふさわしい血継限界を持つ忍《しのび》」

卑留呼の額《ひたい》にある第三の目が、かっと見開かれる。

「きみのことを最後にとっておいたんだよ……だってきみは懐《なつ》かしい友だからね」

遠く離れた木ノ葉の里に、不吉《ふきつ》な雲の影が迫《せま》っていた。それはあたりを照らしていた満月に近い月を覆《おお》い尽《つ》くし、里の一画にある建物の上に暗い闇《やみ》を作り出した。

「う……うう……」

そこには、カカシが暮らす部屋があった。うめき声の主《ぬし》はカカシだった。ベッドに横になり、眠っているようではあったが、何かにうなされて声を上げているのだ。

カカシはいま夢の中にいた。

そこはどこかの竹林の中だった。そこを、少年のカカシが息を切らせて走り抜けていく。

「お久しぶり……はたけカカシ」

背後を振り返りながら走っていたカカシは、頭上から響《ひび》いた声に目を見開き、立ち止まった。空中から、小柄《こがら》な人影が降りてくる。カカシの目の前に降り立つと同時に、その人影はすうっと大きくなり、微笑をたたえた青年の姿となった。

「あああ……あなたは……卑留呼……」

卑留呼と呼ばれたその青年は、笑《え》みを浮かべたまま滑《すべ》るようにカカシのもとに近づいて、身動きの取れない相手の額に手のひらを当てた。一瞬、二人の姿が凍《こお》りついたように動かなくなり、ややあって、よろよろとカカシが後ずさった。

カカシの額に、大きな目が開いていた。

そしてそれは、夢の中ばかりのことではなかった。

ベッドの上で身体《からだ》を起こしたカカシは、その額の上に第三の目を見開いていた。やがてその目は姿を薄れさせていき、消えてしまうが、かわりにカカシの右目がぼんやりと赤い光を放っていた。

ベッドの脇《わき》には、少年の姿の卑留呼がたたずみ、まるでカカシが操《あやつ》り人形かなにかであるかのように、糸を引く仕草《しぐさ》を見せている。それも幻影だったか、やがて卑留呼もまた、姿を薄れさせ、消えていった。

それを待っていたかのように、窓からふたたび月明かりが差し込んだ。雲はいつの間にか月の上から去っていた。

夜にもかかわらず、綱手は執務《しつむ》室で書類をあらためていた。

「どうした？」

目の前に立っているカカシからは、いつもの存在感が感じられなかった。

「印《いん》があらわれました」

「なに!?」

「やつは、卑留呼は、すでに十数年前、わたしの写輪眼《しゃりんがん》を五人目の血継限界に選んでいた

ようです。いつの間にか、傀儡《くぐつ》の術式がほどこされていました」

「なんだと！」

綱手は思わず腰を浮かせていた。それから拳《こぶし》を机に叩《たた》きつけ、歯を食いしばるように言った。

「なぜだ！　やつの目的は、木ノ葉の里への復讐《ふくしゅう》なのか⁉　だとしたら、その咎《とが》はわたし自身にもある！」

綱手は顔を上げ、カカシに言った。

「だが、おまえを卑留呼には渡さん！」

カカシはかぶりを振った。

「いや、わたしを行かせてください」

「行っても無駄《むだ》だ。暗部《あんぶ》からの報告では、やつは忍法をチャクラ化して奪《うば》い取《と》る術式を完成させている」

偵察《ていさつ》に向かった三人の暗部は、けっして無駄に倒されたわけではなかった。彼らの様子《ようす》を監視していた別の暗部がいて、卑留呼の使った術の詳細《しょうさい》を調べ上げていたのである。

「つまり、どんな手練《てだ》れの忍でも、やつには近づけない。いわば、無敵の忍者だ」

「では、なぜわざわざ血継限界の忍だけ、呼び寄せるのでしょう?」

カカシの指摘に、綱手がはっとなる。

「そんな術があるなら、危険を冒《おか》さず、遠くから術を奪えばすむこと……おそらく、血継限界を取り込むには、特別な条件が必要なのでしょう。なぜ、このタイミングでわたしが呼ばれたか……」

「そうか! 特別な光の条件が必要と聞いたことがある」

綱手は身を翻《ひるがえ》し、柱にかけてある暦《こよみ》に向かった。

「――二日後に、金環日蝕が起こる」

「おそらくそれです。もう時間がない」

振り向く綱手に、カカシは続けた。

「綱手さま、わたしにほどこしていただきたい術式が……卑留呼を倒すためには、この方法しかありません」

綱手はきっとカカシをにらんだが、やがて悲しげな表情になり、言った。

「カカシ……おまえはわたしに、配下を犠牲《ぎせい》にして木ノ葉の里を守った、そう歴史に残る非情な火影《ほかげ》になれと言うのだな」

カカシはすっと背筋《せすじ》をのばし、いつになく真剣な声で答えた。

「はい。なっていただきます。それが、綱手さまの火の意志です」

7

その夜、シカマルは亡《な》き師アスマの墓前に詣《もう》でていた。

アスマの好きだった煙草《たばこ》に火をつけ、線香《せんこう》がわりに墓前にそなえて、シカマルは墓石の前にかがみこんでいた。

「アスマ……いま、里は未曾有《みぞう》の危機にさらされている……」

師にそう話しかけながら、シカマルの脳裏《のうり》に浮かぶのは、アスマのいまわの際《きわ》の言葉だった。

仲間たちとともに、致命傷を負《お》ったアスマを囲んだシカマルは、苦しげに息をつきながらも自分に話しかける師の言葉に耳を傾けていた。

「将棋《しょうぎ》……おまえに一度も……勝てなかったな……そういや玉《ぎょく》のあの話……」

もはや師が助からないことを悟《さと》って、シカマルはこみ上げてくるものを必死でこらえていた。

「アレが誰だか……教えてやる……耳貸せ……」

浅く速く息をつきながら、アスマはいつものように人好きのする笑《え》みを浮かべ、シカマルを呼んだ。アスマの口元に耳を寄せたシカマルは、師の言葉に目を見開いた。

木ノ葉の忍者を将棋の駒《こま》とするなら、その駒たちが守るべき「玉」とは誰か。アスマがいま口にしているのは、その答えだった。

里の、ひいては世界の未来を築《きず》いていくため、守らなければならない存在は何か。よく考えれば、言われるまでもないことだった。それは火《ほ》影《かげ》ではないし、いまの世代の誰かでもない。

「アスマ……あんた、だから……」

守るべきは、まさに未来を担《にな》う者たち——それがアスマの答えだった。

アスマのくわえた煙草に、シカマルがライターで火をつける。すうっと煙草の火が進み、灰が落ちると同時に、アスマは言った。

「頼んだぞ……シカマル……」

ころりと落ちた煙草から、ふわっと煙が天に向かって昇っていく。

それがアスマの最期《さいご》の言葉になった。

アスマの形見《かたみ》のライターは、いま、シカマルの手の中にあった。

手の中のライターを目にしながら、シカマルは墓前に立ち上がった。

「今度はオレの番だ。あんたが命をかけて守った玉……かならずオレが守ってみせる……」

ライターを握《にぎ》る手に力がこもった。


「オビト……リン……」

月明かりの下、カカシもまた、木ノ葉の墓地に姿を見せていた。

「オレはおまえたちを守ることができなかった……しかし、木ノ葉隠れの里は、かならずオレが守る」

カカシは、かつての仲間たちの眠る墓石に向かって静かな声でそう言ってから、その場を立ち去った。

「カカシ先生……」

墓地の出口へ向かう途中、声をかけてきたのはシカマルだった。

「誰かのお参りっスか？」

「ああ、まあな……おまえ、アスマの？」

「はい……」

流れる雲が月を隠し、つかの間、あたりを闇《やみ》が包む。シカマルは手にしたライターに火を灯《とも》し、それを見つめながら言った。

「アスマから託された言葉を実行するため、オレは命がけで木ノ葉の里を守る。それだけっスよ」

カチリと音を立て、シカマルはライターを閉じた。そうして、カカシに目礼して、その場を立ち去ろうとする。

カカシはその背を見送りながら、ひとりごとのように言った。

「それがおまえの火の意志か……いい忍《しのび》になったな」

「なんスか？」

その声が聞こえたらしい。シカマルが立ち止まり、振り返る。

「いやね、ちょっとナルトへの伝言を頼まれてくれないかな」

シカマルは面倒そうに顔をしかめ、背を向けた。

「直接自分で言やーいいじゃないスか」

「いや、そうもいかないんだ」

カカシの言葉に感じるものがあったか、シカマルははっとなって足を止めた。

そうして、雲の向こうでぼんやり光る月を見上げる。

「メンドーに巻き込まれるのは勘弁《かんべん》っスよ」

「おまえ、相変《あいか》わらずシビアだな……」

振り返ったカカシは苦笑を浮かべていた。シカマルは目を細め、相手が何を考えているのかいぶかるのだった。


ちょうどその頃、ナルトは一楽《いちらく》でラーメンをすすっていた。

「いいのかい？　こんなときに病院抜け出してて」

すっかり汁まで飲《の》み干《ほ》してから、ナルトは真顔《まがお》で一楽の親父《おやじ》に答えた。

「オレが入院してる間に、世の中大変なことになっちまって、寝てる場合じゃないってばよ！」

ナルトはすっかり回復していた。もともと食欲はあったが、病院に縛《しば》りつけられているのが耐《た》えられないほどに元気がありあまっていたのである。

「おっちゃん、ごちそうさま！」

店を出て、通りで大きく伸びをしたナルトは、人ごみの向こうにカカシの姿を見つけていた。

「カカシ先生!?」

その姿に胸騒ぎを覚え、ナルトはカカシを追って通りを駆け出していった。

カカシが向かったのは里の大門だった。戒厳令下《かいげんれいか》ということもあって、門の手前の小屋には、常時門番が詰《つ》めることになっていた。

「戒厳令下です！」

門番を務《つと》めている中忍《ちゅうにん》のイズモとコテツが、カカシの前に立ちはだかった。

「カカシさんとはいえ、ここはお通しできません！」

二人を見返すカカシの右目は、ぼんやりと赤い光を放っていた。

もちろん、二人がカカシを止めているのは、何人《なんぴと》たりとも門を通過させてはならないという命令があったからだったが、それ以上に、彼らはカカシのたたずまいに異常なものを感じ取っていたのだった。

突然、カカシは二人に向かって飛びかかった。

イズモ、コテツのいずれもそれなりの使い手だったが、カカシにはかなわなかった。あわてて繰《く》り出《だ》した攻撃をきれいにかわされ、あっさりと後ろを取られて、コテツの首筋に手刀《しゅとう》が叩《たた》き込まれる。

ほぼ同時に、イズモのみぞおちにカカシの拳《こぶし》がめりこんでいた。

声も立てず、二人が昏倒《こんとう》する。

カカシは倒した二人を振り返ろうともせず、そのまま大門をくぐって出て行った。

そこにやや遅れてナルトが駆けつけてきた。倒れたイズモたちに息があることを確かめ、ナルトは遠ざかるカカシの背を追ってふたたび駆け出していった。

その様子《ようす》を離れた建物の上から見守る人影があった。シカマルである。

シカマルは鋭い目で、走り去るナルトを見つめていた。

「カカシ先生!」

だが、カカシは、ナルトの叫び声を無視して歩き続けていた。

「カカシ先生、どうしちまったんだ! 聞こえてねえのかよ……」

そのナルトの目の前に、道をふさぐようにシカマルが飛び降りた。

「!?」

「待て、ナルト！」

シカマルは、両腕を広げてナルトを制止した。

「どけ、シカマル！　カカシ先生がおかしいんだってばよ！」

ナルトは叫ぶや、シカマルを押しのけて走り出した。その背を見やって、シカマルは短く印《いん》を結んだ。

「影真似《かげまね》の術！」

　音もなくシカマルの足元から影が伸びて、ナルトの足元に結びつく。とたん、ナルトは凍《こお》りついたように動きを止めた。

「うっ!?　なに……するってばよ！」

　そのままの姿勢で、ナルトは背後のシカマルに向かってうなるように言った。全身の力を振《ふ》り絞《しぼ》り、術を振り切ろうとするが、シカマルは術を緩《ゆる》めようとはしなかった。

「先生からの伝言がある！」

「えっ!?」

「もし、自分がこの里からいなくなることがあっても、後を追うような真似はするな、ってな」

「なに⁉　……くそっ！」

ナルトは歯がみした。カカシがどんな伝言を残そうが、関係なかった。あんな状態のカカシを行かせるわけにはいかない。

その時だった。ナルトを拘束《こうそく》していた影が、流れてきた雲に月が覆《おお》われ、消《き》え失《う》せる。

「しまった──！」

頭上に目をやり、印をほどいたシカマルの目の前に、まなじりをつり上げたナルトの顔があった。ぐいっと襟首《えりくび》をつかまれ、凄《すご》い力で引き寄せられる。

「おめー、何知ってんだよ！」

「それは言えねえ！」

そして、シカマルは平然と続けた。

「だが、木ノ葉の忍たる者、里の命令には従うのが掟《おきて》だ」

「このー……」

ナルトはなおも何事かシカマルに言おうとしたが、やにわにきびすを返し、カカシを追って走り出した。

「行かせねえ！」

シカマルは素早くナルトに追いすがり、引き抜いたクナイを首筋に突きつけていた。

「!?」

「里のためなら命をもかける、それがカカシ先生の火の意志だ！」

「くっ……」

シカマルに押さえ込まれたナルトは、なすすべなく、茂《しげ》みの向こうへ姿を消すカカシを見送ることしかできなかった。

「先生……カカシせんせーぃ！」

ナルトの叫びは、むなしく闇の中へと消えていくのだった。

8

深夜、綱手はネジ、サクラ、シノ、そしてシカマルを呼び出し、カカシの件を告げていた。

「はたけカカシが里より抜けた」

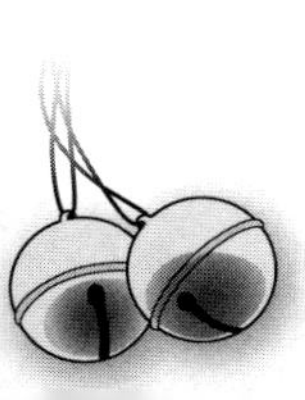

「！」

シカマルを除く全員が驚きの表情を浮かべた。シノは顔こそ見えなかったが、その態度から動揺しているのは明らかだった。

綱手は続けた。

「本日ただいまより、やつは木ノ葉隠れの里とは何の関係もない！　いかなることがあろうと、カカシに関《かか》わるな！　むろん、その後を追うことも許さん！　このこと、各班ごとに周知徹底するように！」

申し渡す綱手の表情は厳《きび》しかった。

サクラが身を乗り出す。

「でも綱手さま……」

「解散！」

綱手の態度はにべもなかった。

「う……」

鋭い目でにらまれ、サクラはネジたちとともに部屋を出て行った。

「シカマルは残れ」

わずかに遅れて部屋を出ようとしたシカマルの背中に、綱手が声をかけた。

「はい？」

「話がある」

「……はい」

廊下に出てドアを閉じたサクラは、中から漏《も》れてきたシカマルの声に思わず足を止めていた。

「——カカシ先生が言った通り、ナルトが後を追おうとしました」

いつになく真剣なシカマルの声に、サクラはドアに耳をつけて中の話をうかがった。

「いちおう、牢《ろう》に閉じ込めておきましたけど……」

「！」

驚くサクラの耳に、綱手の声が聞こえた。

「あのバカ、いらぬことを……」

サクラは耳を離し、ネジやシノが立ち去ったのとは逆方向に駆け出した。

サクラに話を聞かれたとも知らず、綱手とシカマルは会話を続けていた。

「カカシ先生のこと……こないだの巨大な幻影と関係あるんスね」

綱手は何も答えなかった。シカマルは続けた。

「カカシ先生は里を出る時、明らかに何者かに操《あやつ》られていました。だが、先生は覚悟の上でそれを受け入れた……なぜなら、そうするしか敵を倒す方法がなかったから……違いますかね？」

「あいかわらずアタマが切れるね、おまえは」

苦笑混じりに答える綱手に、シカマルは真剣な顔で詰《つ》め寄《よ》った。

「綱手さまは、それを許可したんスか？」

「ああ……わたしが、里のために死ねと命じた」

綱手は、真剣な顔でそう言った。シカマルを見返す目には、強い決意の光が宿っていた。


「出せよぉーっ！」

地下にある牢屋《ろうや》に、ナルトの大声がこだましていた。

全身を縛《しば》りつける拘束衣《こうそくい》をつけられ、手足が自由にならないため、頭から鉄格子《てつごうし》に突っ込みながら、大声で何度も叫び続ける。

「ふざけんなーっ！　ここを開けろーっ！」

ナルトは鉄格子に寄りかかり、首をひねるようにして、通路の向こうに声の限りわめきたてた。

「オレはカカシ先生を追いかけなきゃなんねーんだ！　連れ戻さなきゃなんねーんだよー！」

だが、その叫びに答える声はなかった。ナルトは歯を食いしばり、思い切り頭を引いて、ふたたびガン、ガンと鉄格子にぶつけ始めた。

「くっそー！」

反動で仰向《あおむ》けにひっくり返ったナルトは、そのままだだっ子のように辺《あた》りかまわず転げ回り始めた。

「誰かー、来てくれーっ！　誰もいないのかよーっ！」

わめきながら拘束衣を外《はず》せないかともがいたが、無駄《むだ》だった。

「なんでだよ……なんでダメなんだよ……なんで誰もわかってくんねーんだよ！」

その時だった。ナルトの足元で、何かが転がる音とともに、歪《ゆが》んだ鈴《すず》の立てる濁《にご》った音が聞こえてきた。

「ん!?」

そこにあったのは、カカシから預《あず》かっていた小箱だった。箱の口が開き、中から鈴がのぞいている。

「カカシ先生……」

ナルトの顔が、不意に通路の奥へと向けられる。誰かが歩いてくる足音が聞こえてきたからだった。

「……サクラちゃん」

見上げるナルトの目の前に、表情を曇《くも》らせたサクラがあらわれた。

「ナルト、どうしてこんなことに……」

「オレにもわからねえ。オレはただ、カカシ先生が変だったから連れ戻そうとしただけだ」

サクラはナルトの前にかがみこみ、綱手の言葉を伝えた。

「綱手さまが、カカシ先生は里抜けしたって。もう里には関係ないから、関わるなって」

ナルトはがばっと顔を上げ、サクラにくってかかるように言った。

「そんなの変だろっ！　カカシ先生は、まるで誰かに操られているみたいだった！　そんな先生を見捨てるなんて、綱手のばあちゃんおかしいぜ！」

「こないだの幻影と何か関係が？」

ナルトは考え込んだ。

「そういや、何があっても自分を追うな、命をかけて里を守るのが火の意志だって……そんなこと、カカシ先生が言ってたって……」

「まさかカカシ先生は、命がけであの事件を解決しようとしてるんじゃ……」

「だったら、なおのこと一人でなんか行かせられっかよ！」

ナルトの言葉に、サクラはうつむいた。

「でも、綱手さまは……」

沈黙が流れた。

「サクラちゃん」

「え？」

「足元の鈴、見えるかってばよ？」

ナルトが目線で足元の鈴を指《さ》す。

「それ、カカシ先生から渡されたんだ……」

サクラは、ちょうど鉄格子からはみ出すように転がった鈴を拾《ひろ》い上げた。

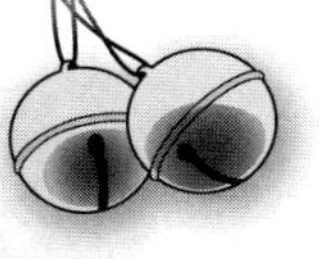

「覚えてっだろ？　あの時、先生は教えてくれたよな。掟《おきて》を守らないやつはクズだ。だけど、仲間を大切にしないやつはもっとクズだって……」

演習の時のことを思い出しているのだろう、サクラの目が手のひらの鈴の上に落ちる。

「オレは、仲間を守りたいだけなんだってばよ！　いつだって……」

ナルトは悔《くや》しさを声ににじませ、続けた。

「サスケの時だって！」

サクラがはっと顔を上げた。

「そして今度だって、カカシ先生をこの手で連れ戻したいって思ってるだけなんだ！」

サクラは思い出していた。大蛇丸《オロチまる》のもとへ向かったサスケを追跡するために出発する、ナルトたちを見送った時のことを。

「ナルト……わたしの……一生のお願い……サスケくんを……サスケくんを連れ戻して……」

サクラは泣きながら、ナルトにすがったのだった。

ナルトは笑って親指を突き出した。

「サスケはぜってーオレが連れて帰る！　一生の約束だってばよ‼」

サクラは自分を抱きしめるように涙を流していた。

「ナルト……ありがとう……」


あの時のナルトの言葉を、サクラは忘れていなかった。

サクラはまっすぐにナルトを見た。

「ナルト、カカシ先生を守れる？」

「え⁉」

「あなたのその手はカカシ先生に届くの？」

ナルトは、あのいつもの自信に満ちた顔で、不敵な笑《え》みを浮かべ、答えた。

「ああ！　きっと……今度こそ、守ってみせるってばよ！」

サクラは口元に手を当て、涙をにじませながら目を閉じた。

「ナルト……」

短い間《ま》があった。身体《からだ》を小刻《こきざ》みに震わせ、必死で泣くまいとこらえていたサクラは、突然、かっと目を見開いてナルトに言った。

「なんで一人で追おうとしたの！　最初から、元祖カカシ班のわたしに声をかけていれば……」

サクラはすっくと立ち上がり、両手の拳《こぶし》をぎゅうっと握《にぎ》りしめた。

サクラの動きに不穏《ふおん》なものを感じて、ナルトは思わず身を引いていた。

「サクラ……ちゃん？」

「しゃあああああぁぁん――――なろぉおおお――――っ！」

目に見えそうなほどにたくわえられたチャクラを拳に込めて、サクラは渾身《こんしん》の金剛力《こんごうりき》をナルトのいる牢の鉄格子に叩《たた》き込んだ。

「わぁあああああああ！」

轟音《ごうおん》とともに、付け根から鉄格子が弾《はじ》け飛《と》び、ついでに巻《ま》き添《ぞ》えを食ってナルトも吹き飛んだ。

「やりすぎだってばよー！　サクラちゃーん」

「そうだったんスか……」

綱手の話に、シカマルは納得《なっとく》して顔を上げた。その時だった。

「綱手さま！」

顔色を変えたシズネがドアを開け、部屋に飛び込んでくる。

「!?」

「今度は、ナルトが牢を破りました！」

「なに!?」

思わず腰を浮かせる綱手に、シズネが続けた。

「サクラが手を貸しているらしいです」

綱手は顔をしかめ、腕組みをしながらつぶやいた。

「どいつもこいつも……」

「五代目さま、ここはオレに任《まか》せてもらえないっスか？」

シカマルの真剣な声に、綱手は顔を上げた。

「……めんどくせーヤツだけど、これはオレの仕事のようっスから」

綱手はしばらくシカマルの顔を見返していたが、ややあって、うなずいて見せた。

「よかろう。ナルトとサクラのことは、シカマル、おまえに任せる」

9

夜明けが近づいていた。

里の大門の前には、ナルトの主立《おもだ》った同期の仲間たちが、シカマルの召集に応じて集まっていた。

「みんな集まっているな」

全員の視線がシカマルに集まった。

「これより、綱手さまの命《めい》により、ナルトおよびサクラを捕《と》らえ、連れ戻す！」

いならぶ仲間たちの間からざわめきが起こった。

「ちょっと待ってください！　どういうことですか、それは？」

声を上げたのはリーだった。

「綱手さまからの伝令は聞いているな？　その言いつけを破り、ナルトとサクラはカカシを追っている」

「綱手さまはなぜカカシ先生を追うなと？　カカシ班の二人からすれば、追おうとするのが当然だと思うんですけど……」

言いながらリーが前に進み出る。それを、シカマルは厳《きび》しい表情で一蹴《いっしゅう》した。

「細《こま》かい詮索《せんさく》はやめろ！」

「そんなこと言われても、ボクは納得《なっとく》できません！」

「リー、やめておけ」

なおも食い下がろうとするリーを止めたのは、隣に立つネジだった。

「火《ほ》影《かげ》の命令である以上、オレは隊長のシカマルに従う」

「でも……」

ネジの言葉にシノも同調する。

「オレも従う。なぜなら、それが木ノ葉の里の掟《おきて》だからだ」

「とにかく時間がねえ！　移動しながら、各班の編成を告《つ》げる！　行くぞ！」

シカマルはそう言って話を打ち切ると、全員に出発を促《うなが》した。リーを含めた全員が、大門をくぐっていっせいに駆け出していく。

走り去る一同を、門の陰《かげ》から見送る姿があった。

サイだった。彼はいつもの無表情で、追跡者たちの背中をじっと見つめているのだった。

10

巨大な鋼鉄製の武器が、火《ひ》と風《かぜ》の国境にほど近い谷間を移動していた。

兵器を移動させているのは、明らかに砂隠《すながく》れの忍者たちだった。その中には、テマリやカンクロウといった名を知られた人間の姿もあった。

彼らが何の目的でそれを運んでいるのか、火を見るよりも明らかだった。

離れた場所からその様子《ようす》をうかがっているのは、木ノ葉の暗部《あんぶ》の一人だった。

「砂隠れが……前線に……まずい！」

彼は手にした巻物《まきもの》にさらさらと報告を記《しる》し、懐《ふところ》から取り出した忍鳥《にんちょう》の背におさめて空へと放《はな》っていた。

「いけ！」

忍鳥はゆっくりと弧《こ》を描いてから、迷うことなく木ノ葉をめざして飛び去っていった。

夜明けは近かった。

カカシを追え！ の章

1

たなびく雲をまといつかせるように、陽光を浴びて須弥山《しゅみせん》の高峰《こうほう》がそびえている。
その幽玄《ゆうげん》な姿を、遠くに望む岩場に立つ人影があった。
カカシだった。
その目に宿る赤い光は、須弥山に近づくにつれ、強さを増しているように思われた。
頂上に築《きず》かれた神殿にあって、卑留呼《ヒルコ》は額《ひたい》の目をやはり赤く輝かせていた。
「やっと、また会えるね、カカシ」
それから、卑留呼は、背後に立つ配下の忍者たちに命じた。

「壱《イチ》、弐《ニ》、参《サン》。おまえたち、賓客《ひんきゃく》を迎えに行くがいい……もし妨《さまた》げようとする者がいたら、かまわぬ、消せ」

「はい」

ひょろりと背の高い三人の忍者たち、壱、弐、そして参は、短くそう答えてその場から消えた。

天窓には、流れる雲の向こうに輝く太陽が浮かんでいた。

2

ナルトとサクラは、深い森の中を、カカシの痕跡《こんせき》を追って進んでいた。

やがて、二人の行く手に大木の根元に作られた山門が見えてきた。その手前にたたずむカカシの後ろ姿があった。

「あっ！」

「カカシ先生っ!?」

しかし、ナルトやサクラの声にも、カカシはまったく無反応のままだった。音もなく開いた門の向こうに、カカシの姿が消えていく。

「カカシ先生ーっ！　待つってばよ！」

その時、ナルトは背後から投げつけられたクナイに一瞬早く反応していた。反射的に身をかわした刹那《せつな》、ナルトのすぐそばを空気を切《き》り裂《さ》きながらクナイがかすめていった。バランスを崩《くず》したナルトに向けて、さらにクナイが投げつけられる。それを素早くかわし、ナルトはサクラとともに樹上へと降り立った。

ナルトたちの背後から姿をあらわしたのは、綱手《ツナデ》の差し向けた追跡者たちだった。シカマルを先頭に、仲間たちが次々と離れた樹上に姿を見せる。

「おまえら!?」

「ナルト、サクラ！　掟《おきて》により、おまえらを里に連れ戻さなきゃなんねぇ」

そう口にするシカマルの表情は、いままでに見せたことがないほど厳《きび》しかった。

「カカシ先生が、何者かに操《あやつ》られて里を抜けちまったんだ！」

「お願い、ナルトを行かせて！」

「ダメだ。はたけカカシに関《かか》わるな、それが綱手さまの……火影《ほかげ》の命令なんだ！」

シカマルとナルトの視線が、火花を散らしそうに空中で絡《から》み合った。たがいに譲《ゆず》らない決意を込めた目で、相手を見つめている。

ナルトの手が、太腿《ふともも》のクナイホルダーに伸びる。同時に、シカマルの足元からすうっと影が伸び始めた。

手で触《さわ》れそうなほどの緊張が走る。それを自《みずか》ら緩《ゆる》めたのはナルトのほうだった。

肩から力を抜き、クナイホルダーに伸ばした手を引っ込めて、ナルトは自嘲《じちょう》するように笑《え》みを浮かべた。

「……ああ。確かに、里のルールを守れないやつはクズだ」

印《いん》を結んだ姿勢のまま、シカマルもまた動きを止めていた。印をほどき、前傾した身体《からだ》をまっすぐに戻す。

「でもよ！」

ナルトは叫ぶや、ホルダーのかわりに、腰につけたポーチに手を伸ばした。そこから取り出したのは、カカシに渡された歪《ゆが》んだままの鈴《すず》だった。

「最初の演習の時、カカシ先生が教えてくれたんだ！　仲間を大切にしないのは、それ以上のクズだってな！」

シカマルたち全員が、表情をこわばらせる。

「オレは最低のクズにはなりたくねえ！」

「あの――」

リーが手を挙《あ》げた。

「カカシ先生が誰かに操られているというのは、本当ですか⁉」

シカマルは肩越しに振り返り、うなずいた。

「ああ……カカシ先生は、わざと敵に操られ、その懐《ふところ》に飛び込もうとしている」

シカマルを除く全員の息を呑《の》む音が聞こえた。

「それを知っていたら、ボクだってナルトくんとおなじことをしていましたよ！」

リーの言葉に、キバと赤丸《あかまる》が同調する。

「おなじく！」

「ウォン！」

シカマルは苦々《にがにが》しげにキバたちに目をやった。

「オレだって、できりゃあそうしてる！　だがよ、それしか里の未来を救う方法がねえんだ」

シカマルが目を見開いた。足元からの強烈な殺気を感じ取ったのだ。

「散《さん》！」

シカマルの号令に、全員がその場から散った。

直後、地面を割って長身の人影が出現した。その足元には無数に絡み合うヘビたちが形作る台座があって、それが上へ上へと伸びてくる。

額《ひたい》に「二」の文字を描いたその人物は、卑留呼に従う忍者の一人、壱《イチ》だった。

「いまよ、ナルト！」

「おう！」

サクラの声に、ナルトはカカシを追ってふたたび飛び出していった。

「あいつら！」

シカマルはそばにいたネジを見た。

「ネジ、ここは一班に任《まか》せる！」

「ああ、引き受けた」

ネジはシカマルを見返し、うなずいた。

ナルトとサクラは、まっすぐにカカシの通った門めがけて走っていた。それをヘビの柱の上から見下ろして、壱は言った。

「おっと、こっちにも事情があってね。そこは通せないんだ」

そうして、にやりと笑って親指をかりりと噛《か》む。近くの幹にその手を触れたとたん、ざあっと術式が広がった。

「口寄《くちよ》せ、双頭蛇《そうとうじゃ》！」

ぼんと噴《ふ》き出す煙とともに、双頭のヘビが飛び出していく。

「蛇鋼網《じゃこうもう》！」

双頭のヘビは身体を伸ばしながら、かっと口を開いた。その中からさらに双頭のヘビが飛び出し、またそのヘビたちから双頭のヘビが飛び出していく。たちまちのうちに、無数に枝分かれしたヘビの網《あみ》が、ナルトとサクラの背後から襲《おそ》いかかった。

「なに、あれ？」

「いいから、振っ切るぜ！」

おなじ術が、二人を追跡するシカマルたちの背後からも迫《せま》っていた。ナルトやサクラほど先行していなかった彼らは、増殖するヘビに追いつかれ、次々と身体に巻きつかれていく。

「起爆《きばく》クナイ！」

残っていたテンテンが起爆札《ふだ》を結んだクナイを取り出し、シカマルたちを捕《と》らえたヘビの綱に向かって、次々と投げつけた。クナイを受けたヘビたちは、起爆札の爆発に巻き込まれ、煙となって消えていく。

壱は、舌打ちをしてその光景を見ていた。その目の前に、ネジ、リー、そしてテンテンが降り立ち、身構《みがま》える。

「気をつけろ！　そいつのチャクラ量、只者《ただもの》じゃない」

白眼《びゃくがん》を発動したネジが、緊張をはらんだ声で仲間に警告した。

「フン……おまえ、ちょっとはやれそうだな」

壱はにやりと笑った。

3

ナルトとサクラは、樹《き》の根元の門を通り抜け、急峻《きゅうしゅん》な岩場を駆け上がっているところだった。

ようやく岩場を登り切ったと思った場所には、見上げるように巨大な門がそびえていた。

「カカシ先生は、ここを通っているはずよ」

「また門か……」

「やっと来た……」

頭上から響《ひび》いた声に、ナルトとサクラは門の上を見上げていた。

門の上から見下ろしているのは、このあいだ戦ったジャッカル二頭と、その二頭にはさまれて立つ長髪長身の人影だった。声からして女らしい。

「さっきから、わたしの可愛《かわい》いお子たちがお待ちかねだよ」

そう言って不敵な笑《え》みを浮かべる女の頬《ほお》には、「二」の文字が描かれている。卑留呼が弐《ニ》と呼んだくノ一だった。

「いつかの借りを返したいってね……」

その言葉に呼応して、ジャッカルたちもグルルとうなり声を上げた。

「ちょうどよかった。こっちにも借りがあるんだってばよ!」

「ペットには、ちゃんと鎖《くさり》をつけておきなさいよ」

ナルトとサクラも答えて身構《みがま》える。

「ありゃ、タダの犬じゃねえな」

背後から声を響かせたのは、キバだった。その隣には赤丸が控え、少し遅れてヒナタとシノも着地する。

「どうだ、ヒナタ」

ヒナタはすぐに白眼《びゃくがん》を発動して、頭上のジャッカルたちに目を向けた。

「訓練を受けた忍犬《にんけん》とおなじチャクラの流れが見える」

「タダの犬じゃないことは明らかだ……なぜなら、見た目が普通ではないからだ」

シノの言葉に、キバが不機嫌《ふきげん》そうに答える。

「カッコよく決めようってところで水差すなよ、シノ」

シノは無言でサングラスのブリッジに指を当て、これは失礼とでも言うように、ついっと持ち上げた。

それからキバはナルトたちに向き直り、腕組みしながら言った。

「ナルト、サクラ!! おまえたちのやろうとしてることが、間違ってんのかどーかオレにはわかんねえ。だがよ……おまえたちの気持ちはよくわかるぜ」

キバの言葉に同意するように赤丸も吠《ほ》える。

わずかに顔をうつむかせ、頬を赤らめながら、ヒナタも言う。

「ナルトくんも、サクラさんも、間違ってないと思う……」

「キバ、ヒナタ……」

仲間を振り返ったナルトの目の前に、いきなりジャッカルたちが飛び降りた。

「!!」

「待ちかねたって言ったろ！　さっさとかかってきな!!」

ふたたび身構えるナルトたちの背後で、シノが言った。

「個人的な意見はさておき、ここはオレたちが引き受けよう。なぜなら、獣《けもの》に対するスペシャリストが、われわれの班にはいるからだ」

「行くぜ、赤丸！」

「ワン！」

キバは素早く印《いん》を結び、叫んだ。

「獣人変化《じゅうじんへんげ》！」

どおんとチャクラが噴《ふ》き上がり、煙とともにキバと赤丸の変化した二人の獣人があらわれる。同時に、二人は飛び上がり、空中で身体《からだ》をひねって回転を始めた。

「牙狼牙《がろうが》！」

たちまちのうちに高速回転に移った二人は、うなりを上げて、ジャッカルたちに迫《せま》った。ジャッカルたちは威嚇《いかく》するように身構えていたが、突進するキバたちからあっさり身をかわしていた。

門の上の弐が、その様子《ようす》を見下ろしてせせら笑う。

「甘い」

だが、キバたちの狙《ねら》いはジャッカルではなかった。彼らはそのまま門に向かい、牙狼牙の突撃で分厚《ぶあつ》い門扉《もんぴ》を轟音《ごうおん》とともに突き破っていた。

ばらばらと破片の舞い散るなか、門の向こう側に着地したキバが叫ぶ。

「ナルト、いまだ！」

「キバ……」

キバの意図を理解したナルトたちは、素早く門の大穴に向かって飛び出した。

「待て、ナルト！」

ようやく追いついたシカマルが叫ぶが、遅かった。

「すまねえ、キバ！」

通り過ぎざま、ナルトが声をかける。ボン、と煙とともに術が解《と》け、元に戻ったキバが歯を見せて笑った。

「へへへ……後は任《まか》せろ」

キバの脇《わき》を、わずかに遅れてシカマルたちが走り抜けていく。一瞬シカマルが恨《うら》めしげな視線をよこすが、キバは涼しい顔で受け流した。

「何してんだ、後を追うんだよ!!」

門の上から、弐が、ジャッカルたちにいらだたしげな声を上げる。

「それは無理だ……」

言いながらシノが腕を前に突き出す。とたん、ジャッカルたちの背後から大波のようにわき上がった蟲《むし》たちが、ざざ、ぞぞぞと音を立てて襲《おそ》いかかった。

逃げる間もなく、ジャッカルの姿は蟲の大波に包み込まれ、見えなくなる。二頭のジャッカルはわずかの間もがいていたが、ドドッと音を立てて地面に転がり、そのまま動かなくなった。

「あとは飼い主か……」

つぶやくシノに向かってヒナタがうなずく。

「ええ」

「アタシのしもべたちをよくもっ！」

弐は、怒《いか》りに顔を震わせながら、大きな仕草《しぐさ》で印《いん》を結んだ。

「召喚《しょうかん》！」

弐の周囲が爆発したかのように巨大な煙が上がる。それを突き破り、ジャッカルよりさらに巨大な、頭に兜《かぶと》をかぶり、胴体にトゲだらけの鎧《よろい》をつけた獅子《しし》が飛び出してきた。弐はその頭の上に飛び乗り、ふたたび印を結び始めた。

「鬼芽羅《キメラ》の術！」

ただならぬチャクラの圧力に、赤丸がうなりながら身構える。そこに、シノ、ヒナタが駆けつけてきた。

「来るぞ！」

ゴゴゴと音を立てながら、穴の空いた門がゆっくりと左右にスライドしながら開いていく。

身構える三人と一匹の前に、開いた門をはさんで、弐に召喚された獅子が降り立っていた。その頭部には、腰のあたりまで獅子の中に埋まったように見える弐の姿があった。いや、どうやら本当に身体が融合《ゆうごう》しているらしい。

弐はにやりと邪悪《じゃあく》な笑みを浮かべ、手にしたムチを引いてびしりと音を立てた。

「さあ、これからだよ！」

4

カカシは目を赤く輝かせたまま、異様に巨大な植物の繁茂《はんも》する岩場の階段を上がってくるところだった。階段を上り切ると、そこには巨大な門があって、その先の道をふさいでいた。

カカシが前に立ったとたん、門の扉が手も触《ふ》れていないのに開いていく。

それからほんの少し遅れて、ナルトたちが門へと続く坂を駆け上がっていた。

「ナルト！」

チョウジ、いのとともにすぐ後ろまで追いついたシカマルが、声をはりあげた。

「何だってばよォ！」

「話を聞け！」

だが、ナルトはシカマルを無視するように走り続けた。負けずについていきながら、シカマルは続けた。

「敵が次々と迎撃してきたってことは、カカシ先生がそれだけ重要な存在だってことだ！　つまり、カカシ先生の読みは正しい！　だから、その読み通りにやらせてやるべきじゃねーのか！」

「そんなこたぁ関係ねぇ！」

そう吐《は》き捨《す》てるように答えて、ナルトは加速した。

「この……わからずやが……」

苦々《にがにが》しげにつぶやいたシカマルは、自分の上を何か巨大な影が通り過ぎたことに気づいた。思わず見上げると、そこには巨大な鷹《たか》が空を舞う姿があった。それが反転し、ナルトやシカマルたちの頭上に急降下してくる。

あわやと思われた瞬間、鷹は大きく羽ばたき、空中で制動をかけた。とたん、翼《つばさ》を離れた無数の羽根が、クナイのように地上へと降《ふ》り注《そそ》ぐ。羽根は地面と言わず、周辺の植物と言わず突き刺さり、起爆札《きばくふだ》のように輝いて、次々爆発した。

ナルトたちはその凄《すさ》まじい爆発をかいくぐりながら、坂道を駆け上がる足を止めなかった。

「オレだって、カカシ先生を助けてえんだ！　だがそのために里のみんなを犠牲《ぎせい》にするわけにはいかねーだろうが！」

　シカマルはなおもナルトに向かって叫び続けるが、聞こえていないのか、それともわかって無視しているのか、ナルトから答えは返ってこなかった。


　上空を舞う鷹の背に乗って、参《サン》の名で呼ばれた、顔に「三」の字の模様を持つ忍者は、走りゆくナルトたちを見下ろしていた。

「さて、あいさつがわりはこれくらいにして……次はピンポイントでじっくり狙《ねら》って」

　参はにやにやと笑いながら、品定《しなさだ》めするように、眼下を駆けていくナルトたちを見つめた。

「どいつから血祭りに上げようかな……」

　眼下に注意を奪《うば》われるあまり、参は頭上から迫《せま》る敵にまったく気づいていなかった。

「うっ!?」

　短い炸裂音《さくれつおん》とともに、参の視界を閃光《せんこう》が包んでいた。

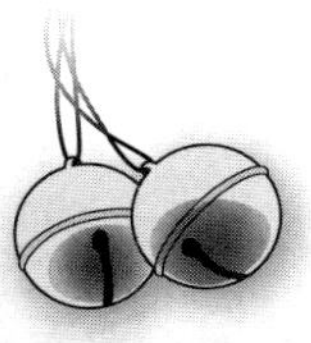

頭上で放《はな》たれた輝きに、ナルトたちも気づき、思わず足を止めて見上げる。

空を流れる雲の間から、何か鳥らしきものが降下してくるのがわかった。目をこらすと、それはまるで水墨画《すいぼくが》で描かれた鷲《わし》が、現実の世界に引っ張り出されたような姿をしていた。

その鷲の背から身を乗り出したのはサイだった。

「ナルト、サクラ、乗るんだ！」

「サイ！」

地面をかすめるように降下し、急上昇するサイの鷲に、ナルトとサクラは素早く飛び乗っていた。

「……おいてけぼりだね」

チョウジが言った。

「サイの野郎……」

シカマルは飛び去るナルトたちを、ただ呆然《ぼうぜん》と見送るしかなかった。

「どうする？　シカマル」

肩越しにいのを振り返って、シカマルは答えた。

「オレたちは敵じゃねえって言っても、信じちゃくれねえだろうな……」

閃光で見えなくなっていた参の目が回復したのは、ちょうどその時のことだった。

「目くらましとは姑息《こそく》な……ん!?」

地上に目を向けた参は、首をかしげた。

「なんか……人数が減ったような……」

参は疑い深げに地上を見下ろしたが、気をとり直し、背筋をのばして言った。

「では、改めて……」

参は舌なめずりをするようにシカマルたちに狙いを定めた。

同時に、シカマルが参に向かって顔を上げる。

「こうなったら、あいつを倒すしかねえ！」

その言葉が参に聞こえていたかどうか、シカマルが言い終わると同時に、鷹が急降下を開始した。

「だが、そんなに時間はかけられねえぜ！」

シカマルは急降下する鷹に向き直り、マントをはだけて身構《みがま》えるのだった。

5

サイの鷲《わし》は、上昇気流に乗り、須弥山《しゅみせん》の八合目あたりまで達していた。山頂に近づくにつれて乱気流が激《はげ》しくなり、鷲は何度も予測のつかない風にあおられて姿勢を崩《くず》していた。

「気流が不安定だ。そろそろ降りたほうがいい」

サイが肩越しに言った。ナルトがうなずく。

「わかった」

墨絵《すみえ》の鷲は、手近な岩棚《いわだな》に近づき、そこで消滅した。飛び散る墨《すみ》とともに、ナルトたちが岩棚の上に飛び降りる。

「よく来てくれたな」

「助かったわ」

口々に礼を言うナルトたちに、はにかんだように顔を伏《ふ》せ、サイが答えた。

「ボクもいちおうカカシ班の一員だからね……参加してもいいかな」

「もちろんよ。ね、ナルト」

「ああ、カカシ先生の教えを守る者は、みんなカカシ班だ！」

サイの目がすうっと細められた。

「やっぱり……」

同時に、サイの身につけた外套《がいとう》の下から、どさりと音を立てて何かが転がり落ちた。

「あら、何、それ？」

サクラの声に目を向けたナルトは、そこに、『女心早分かり読本』が転がっているのを見た。病院でカカシがサイに渡していた本である。

「おんなごころ!?」

にっこりと笑ってサイがうなずいた。

「こういう時に駆けつけると、感謝されるって本に書いてあったんだよ」

「ははは、そ、そっかあ……」

「ミ……ミもフタもないわね……」

二人は半笑いになってサイを見た。

サイは、いつもの調子で笑顔を返しながら、落とした本を拾って大事そうに砂埃《すなぼこり》を払うのだった。

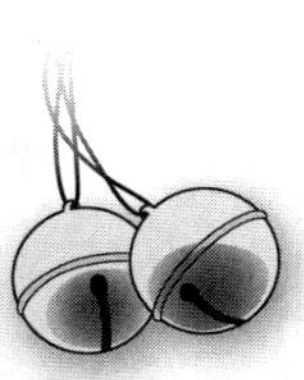

ネジの回天《かいてん》が、襲《おそ》い来るヘビの網《あみ》を弾《はじ》き飛《と》ばしている。

壱はにやにやと笑いながら、蛇鋼網《じゃこうもう》の術を放《はな》ち続けていた。

「たいした防御だが、守ってるだけじゃオレは倒せないぜ」

その壱の頰《ほお》をかすめて、背後からシュッと音を立てて拳《こぶし》が突き出される。

「それなら、ボクが相手です！」

続けて突き入れられるリーの左拳を軽々とかわしながら、壱は印《いん》を結び始めた。不意に、壱の腕がヘビに変わる。分厚《ぶあつ》いウロコに拳を受け止められ、リーの目が見開かれた。

腕のヘビがしゅるりと伸びて、リーに襲《おそ》いかかってきた。とんぼを切ってそれをかわし、さらに追いすがるところを手刀《しゅとう》で払う。だが、なおもヘビはしつこく食い下がってきた。

「距離を取られると、やっかいですね！」

と、ヘビが急に壱の手元に引き寄せられる。それを追って駆け出したリーに向かって、壱はヘビと化した手を突き出し、叫んだ。

「蛇旋刺《じゃせんし》！」

かっと開かれたヘビの口から、双頭《そうとう》のヘビがそれぞれ回転しながら飛び出した。リーは

足を止め、拳を振るって蛇旋刺のヘビを撃《う》ち落《お》とすが、次々と飛び出してくるヘビに、しだいに押され始める。

そこに、ネジが身を滑《すべ》り込ませた。

「回天！」

たちまち、飛来したヘビが弾き飛ばされていく。

「これでは、らちがあきませんね。なんとか防御と攻撃が同時にできれば……」

つぶやくリーの言葉を聞きながら、ネジは考えていた。チャクラの回転と敵のヘビの再生力はほぼ拮抗《きっこう》している。攻撃に移るためには、もっと回転を上げなければ——。

はっと閃《ひらめ》くものがあって、ネジは突然回天を止めた。

「リー！　オレに表蓮華《おもてれんげ》をかけろ！　テンテンは援護を！」

そう言うや、ネジは宙に舞い上がる。

「了解！」

テンテンが答えて、口寄《くちよ》せの巻物《まきもの》を広げて身構《みがま》えた。

「表蓮華を？　……！　わかりました！」

リーは、ネジの指示に一瞬戸惑《とまど》ったが、すぐに納得《なっとく》して、ネジの後を追って飛び上がる。

「ムダ、ムダ！」

壱は鼻を鳴らしながら、そろって上空に飛んだネジとリーを狙《ねら》って蛇旋刺の術を放った。

そこへ、テンテンの放った起爆《きばく》クナイが命中する。

「邪魔《じゃま》させない！」

放ったヘビがすべて撃ち落とされ、壱はいらだたしげにテンテンをねめつけた。

壱がテンテンに注意を奪《うば》われている間に、彼らの頭上では、リーが包帯をネジに巻きつけ、抱《かか》え込む姿勢を取っていた。

「いきますよ……表蓮華！」

頭から落下しながら、リーが必殺の体術を発動する。同時に、ネジは点穴《てんけつ》からチャクラを放出していた。

「八卦掌回天《はっけしょうかいてん》！」

猛然と回転する二人の周囲に、回天のチャクラが障壁《しょうへき》を作り出す。

「ハッ!?　くそ……なめるな！」

頭上から降ってくるネジとリーに気づいた壱は、蛇鋼網の術を放った。降下するネジたちと蛇鋼網のヘビが激突する。

「なにーっ！」

壱が目を見開いた。表蓮華の加わった高速回転に、ヘビの再生が追いつかない。瞬時に防御を打ち破られ、壱は頭上から降ってくる二人の攻撃を見上げるしかなかった。

地面に巨大なチャクラの渦《うず》が叩《たた》きつけられる。ネジとリーが素早く飛《と》び退《の》いた刹那《せつな》、竜《たつ》巻《まき》のようなチャクラが壱を押しつぶすように炸烈《さくれつ》した。


第二の門の前では、獅子《しし》と融合《ゆうごう》した弐とキバたちの戦いが始まっていた。ジャッカルたちも見上げるほどの大きさだったが、この獅子は、さらにその倍近い大きさがあった。弐が、まるで小さな人形のようだった。

大きく開かれた獅子の口から、キバに向けて炎が吐《は》き出《だ》される。キバは素早く四《よ》つん這《ば》いになり、大きく跳躍《ちょうやく》して炎をかわした。同時に、左に回り込んでいた赤丸が、弐の横合いから襲いかかった。

「ガァアアー！」

「チッ！」

弐は舌打ちして、手にしたムチを赤丸に向かって振りかぶった。

「くらえっ!!」

だが、そのムチが、何かに引っかかったようにぐんと引っ張られる。

弐が顔を向けると、ムチの端《はし》をヒナタがつかんで引っ張っていた。

獅子が咆哮《ほうこう》を上げ、赤丸を迎《むか》え撃《う》とうと前脚《まえあし》を振り上げる。赤丸が素早くかわした隙《すき》に、ムチの先をつかんだヒナタを振り払い、弐が赤丸にムチを振るった。

ふたたび飛《と》び退《の》く赤丸に気を取られた弐の身体《からだ》を、飛びかかったヒナタのクナイがかすめていく。

「ヘッ、その図体《ずうたい》じゃオレたちのスピードにゃついてこれねえんじゃねえのか？」

着地したキバが、にやにやしながら弐を挑発する。

狙い通り、弐はすっかり冷静さを失って逆上していた。

「木ノ葉の飼い犬がぁー!!」

獅子の巨体が、キバに向かって跳躍《ちょうやく》する。下敷きになればひとたまりもないだろうが、それをかわすのはキバにとって雑作《ぞうさ》もないことだった。

キバの立っていた場所に着地した獅子は、いつの間に掘られていたのか、巨大な落とし穴に落下していった。なんとか底に着地はできたものの、短時間で掘ったとは思えないほ

ど穴は深かった。

「せ……せこい罠《わな》を……」

歯ぎしりしながら弐が頭上を見上げる。穴のふちに姿を見せたのはシノだった。

「キバたちに気を取られて、オレの存在を忘れていたようだな……おかげでじっくり仕事ができたが……」

「へっ、落とし穴ごときで何を……」

「オレはそんなに影が薄いか!!」

怒《いか》りをあらわにシノが叫んだとたん、落とし穴の壁が動いた。

「な……」

確かに動いている。土の壁面だと思っていたものが、ざあざあと音を立て、渦《うず》を巻くように。と、弐の頬《ほお》に何かがとまる感触があった。

「ひっ、む、虫……」

弐の顔が青ざめる。肌《はだ》が粟立《あわだ》ち、身体が小刻《こきざ》みに震えるのがわかった。だが、その後彼女を襲った恐怖は、それに何倍……いや、何百万倍もするものだった。

「蟲玉《むしだま》!」

シノが広げた手のひらを突き出す。穴の壁面にしがみついていた数百万の蟲たちが、渦を巻きながら獅子の巨体を包み込んでいった。

「グワアアアアアァァー！」

巨大な穴の底に、断末魔《だんまつま》の咆哮が響いた。

鷹《たか》の降らせる羽根の爆撃は、シカマルたちの周囲でいまだ続いていた。それをかわしつつ疾走《しっそう》するシカマルは、すぐそばをおなじく走っている仲間たちに叫んだ。

「久々に行くぜ！ フォーメーション猪鹿蝶《いのしかちょう》だ！」

「オッケー！」

シカマルについて走っていたチョウジだけがその場に立ち止まり、頭上の鷹に向き直って印《いん》を結んだ。

「超倍化《ちょうばいか》の術!!」

鷹の目の前に、巨大な煙が立ち上がる。その中から、巨大な腕が突き出される。鷹は素早く空中で制動をかけたが、遅かった。巨大化したチョウジの張り手が、いまや小鳥のように見える鷹を近くの崖《がけ》に叩きつけてしまう。チョウジの手の中で、鷹は煙となって消え

た。

いち早く危険を察知した参は、素早く鷹の背から飛び降りていたが、着地した瞬間、身体が完全に自由を失っていることに気がついた。どこから伸びてきたのか、細い影が自分の足元につながっている。

「!!」

さらにその影は参の身体を這《は》い上がり、ぐるぐると巻きついていった。

「心転身《しんてんしん》の術!」

いのは、両手の人差指と親指で作った枠《わく》の中に参の姿をとらえ、叫びながら印を結んだ。相手の身体に自分の意識を送り込んで乗っ取る秘伝忍術、心転身の術である。

とたん、参の目が焦点を失い、がくんと首をうなだれた。

「……よし、決まったな」

いのが脱力して座り込んでいるのを確かめて、影縛《かげしば》りの印を結び、ひざまずいたシカマルがつぶやいた。心転身の術は、術者の意識を相手に送り込むため、一時的に抜《ぬ》け殻《がら》のようになってしまうのである。逆に言えば、術者がその状態になれば、術は成功したということだった。

シカマルが印を解《と》いて立ち上がる。同時に、煙を噴《ふ》き出しながらチョウジが元の姿に戻っていた。

「いの、やつに伝えてくれ。オレたちの目的はナルトたちを連れ戻すことで、アンタらと戦うつもりはないってな。それから、カカシの行き先を聞き出してくれ」

「わかったわ……でも……」

いのが入った参が、そう答えながらゆっくりと立ち上がる。

「そう簡単には、言えないわねえ」

ゆらりと顔を上げた参の目が、邪悪《じゃあく》な光を帯《お》びる。

意識を失っていたはずのいのの頭が、はっと持ち上げられた。

「なに!?」

それに気づいたシカマルが、眉《まゆ》をひそめて振り返った。

参は、外套《がいとう》の下に隠してあった巻物《まきもの》を二本引き出して、地面に広げた。

「シカマル！」

気づいたチョウジが声を上げるが、逆にシカマルはチョウジに向かって叫んだ。

「戻れ、チョウジ！」

血をにじませた参の手のひらが、広げられた巻物に押しつけられる。その手を中心に、ざあっと口寄せの術式が広がった。

「口寄せの術！」

ネジたちに倒されたはずの壱が、半分地面にめりこんだ状態でわずかに身じろぎする。

「く……こんな時に……」

壱の身体が煙に変わり、消えた。

おなじく、蟲《むし》に包み込まれ、苦悶《くもん》しながら身をくねらせる弐にも同様の現象が起きていた。それまで、弐を中に包み込んでいたはずの蟲たちが、突然、中身を失ってばらばらと崩《くず》れ落《お》ちた。

それを目にしたシノが低くつぶやいた。

「……何だ!?」

参が広げた二つの巻物から、ぼうんと音を立て、激《はげ》しく煙が噴き出した。やがて煙が薄れると、そこには、倒れた壱、弐の姿があった。

参はその二人の背中に両手をのせ、叫んだ。

「鬼芽羅《キメラ》の術！」

参の手が、仲間たちの背中に融合し始める。腕の皮膚《ひふ》には泡立つようにいくつもコブが生まれては消え、それが見る間に全身に広がった。それから、三人の身体は一体となって巨大化していき、やがて、背中に鷹を乗せ、ヘビの尾を生やした獅子へと変わっていった。もはや、三人が人間だった名残《なごり》などどこにもなかった。巨大な顎《あご》からはうなり声が漏《も》れ、兜《かぶと》の奥の光を宿した目は、血に飢《う》えた獣《けもの》そのものだった。

「おい！　さっきも言ったが、オレたちは敵じゃ……」

当然のことながら、聞く耳など持っていなかった。

音を立てて息が吸い込まれ、巨体の中で圧縮された空気が、壮絶《そうぜつ》な咆哮を伴《ともな》って吐き出された。

「わっ⁉」

シカマル、チョウジ、そしていのの三人は、いっせいにその場を飛び退いた。同時に、彼らのいた場所が衝撃《しょうげき》とともに爆発を起こす。飛び退いたシカマルたちに向かって、今度は背中の鷹が羽ばたきを始めた。巨大な翼が巻き起こす風は、彼らが立っていられないほ

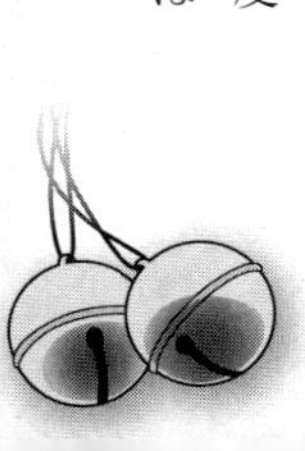

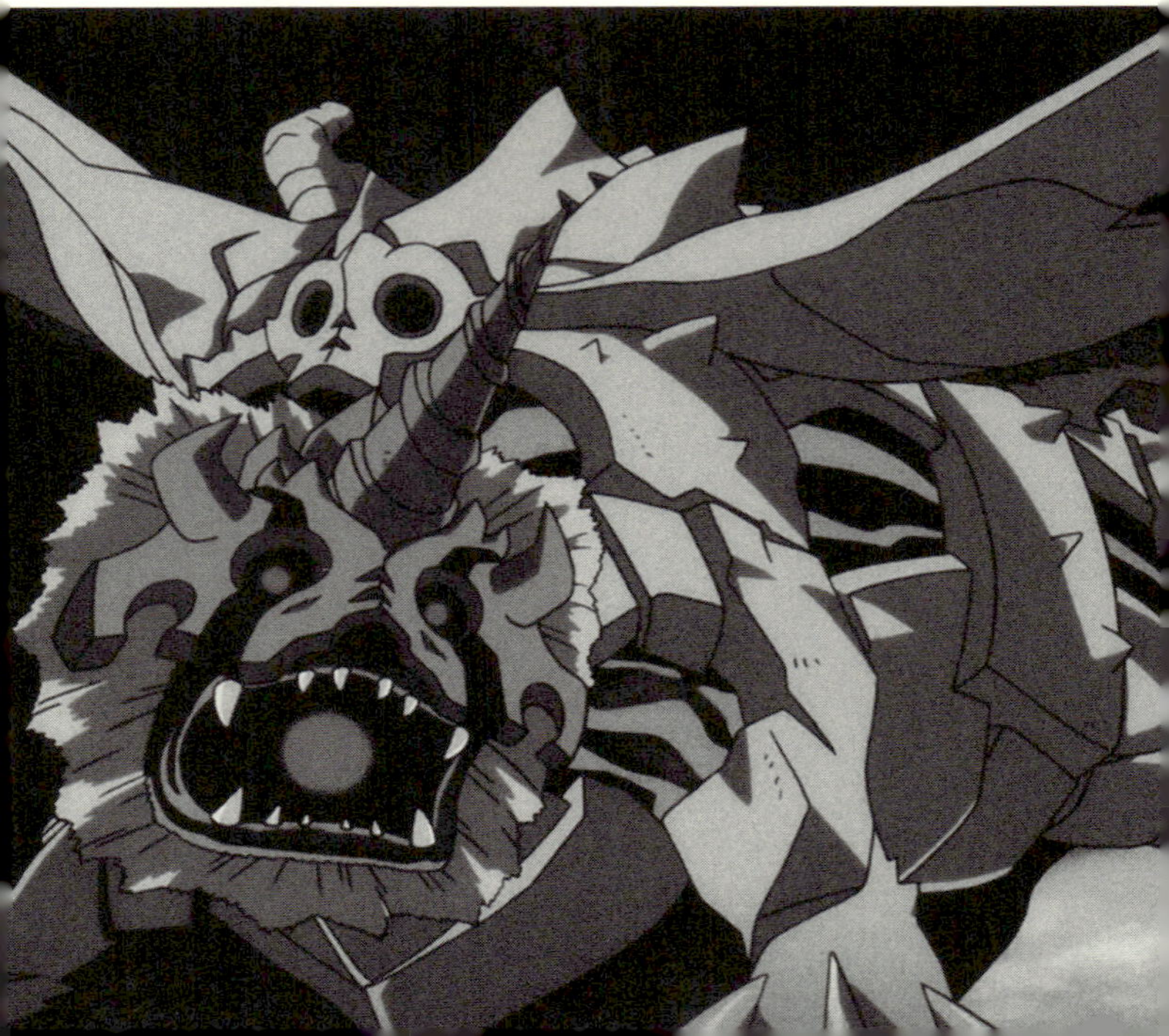

どだった。

踏ん張りきれず、地面に倒れた三人のもとに、とどめとばかり例の羽根が襲いかかった。

凄《すさ》まじい爆発が巻き起こった。

6

須弥山《しゅみせん》を見渡す岩場の上に、我愛羅《ガアラ》は立っていた。

綱手との会談に向かった砂隠《すながく》れの一行が何者かの襲撃《しゅうげき》を受け、谷間に生き埋めにされそうになった時、落下する岩から一行を守った者があった。自来也《じらいや》だった。

自来也はガマブン太《た》とともに我愛羅たちの危機に駆けつけ、ブン太の巨体で一行をかばったのである。おかげで、砂の人間にケガ人は出ていなかった。

我愛羅は、その時自来也とかわした会話を思い起こしていた。

「いち早く脱出していたとは、さすがだのう、我愛羅」

自来也の救援よりも早く、我愛羅はすでに輿《こし》を抜け出し、安全な場所に退避していたのだった。自来也が助けなければ、おそらく我愛羅が一行を守っていただろう。

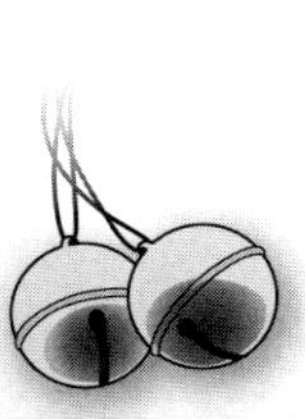

だが、自来也が砂の一行を助け出したという事実が、我愛羅の中に残っていた木ノ葉に対する疑念をかなりぬぐい去っていたのも事実だった。

「カカシならずとも、火の意志を持つ忍《しのび》なら、命をかけても木ノ葉を救おうとするだろうのう」

自来也は、カカシがすでに自分の命と引き替えに敵を倒すつもりでいることを告《つ》げると、それまで沈黙していた我愛羅が初めて口を開いた。

「それで、卑留呼は倒せるのか？」

「ああ……カカシならばな。それとももう一人……ナルトならやれるかもしれんのう」

「ナルトが？」

「あいつは、忍としてはまだまだだが、けっしてあきらめないド根性というワシの忍道《にんどう》を受《う》け継《つ》いだ、ただ一人の男だからのう……あいつの可能性を信じるのは、おまえ次第《しだい》だが」

自来也の言葉を反芻《はんすう》しながら、我愛羅は物思いにふけっているようだった。

突然、我愛羅の姿がさらさらと砂になって崩《くず》れ始める。吹きつけた風に乗って、その砂が飛び去ってしまうと、すでにそこには何も残されてはいなかった。

火《ひ》と風《かぜ》の国境にほど近い峡谷《きょうこく》をはさんで、両陣営の兵器が対峙《たいじ》していた。

綱手は峡谷に突き出た岩場に立って、腕組みをしながらじっと相手の様子《ようす》を見つめている。

背後からシズネが悲鳴に近い声を上げた。

「綱手さま、お引きください！　標的にされてしまいます！」

「わかっている！」

だが、綱手が相手に姿を見せているからこそ、ぎりぎりのところで戦いが始まらないでいることも確かだった。たとえ綱手の身がどうなろうと、この戦いは起こってはならないものだった。

峡谷の向こう側では、テマリ、カンクロウといった砂の上忍《じょうにん》たちが、じっと綱手に視線を送っている。彼らにとっても苦渋《くじゅう》の選択なのだ。綱手はじっと目を閉じ、ただ、岩場に立ち続けた。

その両者の間に、突然巨大な煙の塊《かたまり》が出現した。それほど広くはない峡谷の間に四肢《しし》を突き出して踏ん張っているのは、巨大なガマ蛙《がえる》、ガマブン太だった。

「!?」

あっけにとられる綱手や砂の忍者たちを尻目《しりめ》に、ブン太の背に立つ人影が、大仰《おおぎょう》なしぐさで大声を張り上げた。

「あいや、待たれい！」

自来也である。自来也は砂の側に向き直り、右腕を突き出して制止する姿勢を取りながら、峡谷一帯に響《ひび》き渡る声で続けた。

「砂隠れの里の衆、お主《ぬし》らの風影《かざかげ》は無事でござーる！」

自来也は懐《ふところ》に手を突っ込み、小さな巾着袋《きんちゃくぶくろ》を取り出した。

「その証拠《しょうこ》に、これを預《あず》かってきた！」

そう言いつつ、袋の口を緩《ゆる》め、自来也はその中身を腕を振るってあたりに振りまいた。袋から飛び出した砂が、空中に文字を描き出す。

「あれは！」

カンクロウが文字を見上げて叫んだ。テマリが砂隠れの忍者たちに向き直る。

「とどまれ！　風影から、しばし停戦の印だ！」

「はっ！」

その様子を対岸から見ながら、綱手は疑い深げに自来也に声をかけた。

「自来也！　我愛羅はいまどこに？」

「あやつがどう出るか……それはワシにもわからんでのう」

自来也は振り返り、そう答えてにやりと笑った。

7

さら、さらと、須弥山《しゅみせん》の空を薄く砂が流れ飛んでいる。

それは徐々に量を増《ふ》やし、空の上に紗《しゃ》を敷いたかのように広がっていく。

その下を、ナルト、サクラ、そしてサイの三人が、わずかに息を切らせながら、岩場伝いに急な斜面を登っていた。

三人のいまいる場所は、須弥山の九合目付近だった。

砂の流れはさらに勢いを増し、三人の背後から次々と押し寄せていた。

「うわぁっ！」

サイが声を上げた。ごうっと音を立てて砂嵐が叩《たた》きつけてくる。

「なんなのよ、この砂嵐は！」

「目が痛《いて》えっ！　……ん!?」

ナルトは砂埃《すなぼこり》から目をかばいながら、前方に目をこらした。流れ来る砂が、一点に集中している。そこに出現したぼんやりと光る人影に、ナルトは声を上げた。

「我愛羅！」

我愛羅は目を見開き、まっすぐにナルトを見返した。

「おまえも来てくれたのか!?」

だが、我愛羅がナルトに返した答えは、予想していなかったものだった。

「ナルト、ここを通すわけにはいかない」

「えっ!?」

「カカシはそれを望んではいない」

サクラは不安げにナルトと我愛羅を見つめた。

「我愛羅くん……」

感情を見せず、冷淡とも言える口調で言《い》い放《はな》つ我愛羅に、ナルトは強い口調で言い返した。

「なに言ってんだ！　カカシ先生をほうっとけるかよ！」

「カカシの思いがわからないのか」

ふたたび駆け出すナルトの目の前に、我愛羅の周囲に浮かぶ砂岩《さがん》が襲《おそ》いかかる。

「わっ⁉　くそ、ジャマを……」

なんとか砂岩の攻撃をかわしつつ前へ出るものの、背後から響《ひび》いたサクラたちの悲鳴に、ナルトは思わず振り返っていた。

「うわあああああぁ！」

二人の足元をすくうように、砂が流れ落ちていた。その流れにさらわれて、二人の姿が遠ざかっていく。

斜面を滑《すべ》り落ちていく二人を追って、ナルトが引き返す。だが、一瞬遅く、二人は崖《がけ》の端《はし》から空中に身を躍《おど》らせていた。

「サクラちゃん！」

ナルトもサクラたちを追って崖から飛び出していく。

「たぁあああああああああ！」

ナルトの気合《きあい》が響いた。数十人に分身したナルトたちが、橋のように身体《からだ》をつなげ、サ

クラとサイを助け上げる。

ナルトは二人を崖の途中にある岩穴に下ろしてから、分身で作った橋を伝って、ふたたび我愛羅めがけて駆け上がってきた。それも一人ではない。何人ものナルトが、ばらばらの方向から我愛羅へと向かっていく。

その様子《ようす》を見ていたサクラが叫ぶ。

「ナルト！」

「ぼくたちも！」

身を乗り出すサイを振り返り、ナルトは言った。

「おめえらは先に行け！」

我愛羅に向かった分身たちは、爆発する砂岩によって次々と消滅させられていった。だが、ナルトはかまわず、我愛羅の周囲を飛び回りながら攻撃の機会をうかがう。

我愛羅は周囲を見回し、飛び回るナルトたちに向けて腕を振るった。その先端から放たれた砂つぶてが、分身のナルトを消していく。

「でも！　……」

サクラが不安げに叫ぶと、ナルトは砂つぶてをかわしながら叫び返した。

「ぜってーに、カカシ先生を一人にすんじゃねー！」

サクラとサイは心配げな視線を返しながらも、その場から飛び出していった。

その様子に一瞬注意を奪《うば》われたか、我愛羅は、必要以上に接近したナルトの存在に気づくのが遅れていた。

何人かには砂岩をぶつけ、あるいは砂のバリアで消滅させるが、さらに近間に踏み込んできたナルトたちが、自《みずか》らの身体をぶつけ、弱まった防御の隙《すき》を突いてさらに距離を縮めてくる。

「なんで、ジャマすんだよぉおお！」

無《む》尽蔵《じんぞう》のチャクラを使った恐るべき分身の物量の前に、絶対的とも言える我愛羅の防御もしだいに崩《くず》されつつあった。ついに分身が一人、我愛羅に肉迫する。それは砂のバリアであっさり弾《はじ》き飛《と》ばしたが、死角を突いて別のナルトが至近距離に近づいてくる。それも砂の攻撃でかわし、さらに別方向の攻撃を体術でさばいて砂で押しつぶす。

だが、いくら倒しても、ナルトは立て続けに攻撃を繰《く》り返《かえ》した。

ついに、ナルトの攻撃を受け切れなくなった我愛羅は、その場から飛《と》び退《の》いた。宙に浮いた我愛羅に向かって、ナルトたちがいっせいに襲いかかった。

それらの攻撃を表情一つ変えずさばきながら、我愛羅は言った。

「いつかおまえが言った……」

その言葉にナルトが眉《まゆ》をひそめる。我愛羅は続けた。

「自分の大切な人たちを、傷つけさせない……仲間を守るためなら、命すらかけると」

言葉の間も戦いは続いていた。激しい攻防の後、二人はいったん距離を置いて、それぞれ別々に崖から突き出した岩場に着地していた。

「カカシは、皆を守るためにと自分を犠牲《ぎせい》にしようとしているんだ」

だが、我愛羅の言葉にナルトは強く首を左右に振った。

「ダメだダメだ！　ダメだってばよお！　カカシ先生にそんなことはさせねえ。オレは誰も犠牲にしたくねぇー!!」

叫びながら、ナルトはふたたび我愛羅に飛びかかった。砂の防壁が立ち上がり、ナルトの拳《こぶし》を受け止める。攻撃は止まったが、砂の障壁《しょうへき》はその一撃で大きく形を崩した。

ナルトはさらに分身して、我愛羅に突進した。瞬時に復元した障壁が、ナルトたちをすべて吹き飛ばす。

「それは理想論にすぎない！　理想を現実にするには、いまのオレたちでは弱すぎる

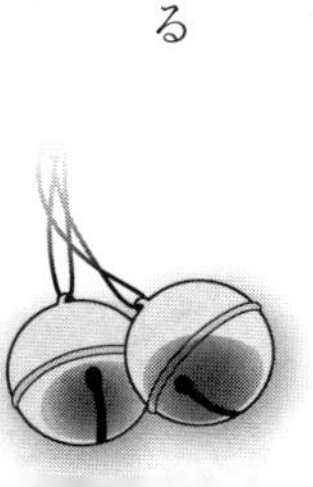

「……」

言いながら我愛羅は目を閉じた。

「オレは砂隠《すながく》れの風影《かざかげ》だ！」

その脳裏《のうり》に、守るべき砂隠れの人々の姿が浮かび上がる。

「いま、オレの背中には皆の命がかかっている！　おまえの理想にはつきあえない！」

周囲に浮かんでいた砂岩が、攻撃するナルトたちに向かって襲いかかった。砂岩はナルトに接触したとたん、いままでにまして凄《すさ》まじい勢いで大爆発を起こした。

その爆発で岩山の一つが、頂上のあたりから崩れ落ちるのが見えた。

粉塵《ふんじん》がしだいに薄れるなか、その砂煙を透《す》かしてたたずむ二つの影がしだいに浮かび上がってくる。

「なんでわかってもらえないんだ」

ナルトが、背中を向けた我愛羅に向かって悔《くや》しげに言った。

「カカシ先生の命と、里のみんなの命を天秤《てんびん》にかけるなんて、そんなことはできねーって言ってんだよ！」

掲《かか》げられたナルトの手には、かん高い金属音とともに、光を帯《お》びた回転するチャクラの塊《かたまり》が浮かんでいた。螺旋丸《らせんがん》である。

「オレはああッ！」

叫ぶや、ナルトは大きく我愛羅の頭上に飛んだ。たちまち、我愛羅の周囲に幾重《いくえ》にも張《は》り巡《めぐ》らされた砂の障壁が出現する。

「カカシ先生を守りたいんだァァーッ!!」

崩れた岩山の頂きで、砂の障壁と螺旋丸の激突する、まばゆい閃光《せんこう》が生まれた。轟音《ごうおん》とともに衝撃波《しょうげきは》が周囲に広がっていく。

我愛羅最強の防御が、その一撃で完全に崩壊《ほうかい》していた。だが、同時に螺旋丸もそのパワーを使い果たし、ナルトとともに消滅する。そう、螺旋丸のナルトは分身だった。

「!?」

背後の気配に気づき、驚いて振り返る我愛羅に向かって拳を振りかざしたナルトが近づいてくる。砂の障壁が再生するより早く、我愛羅の懐《ふところ》に飛び込んだナルトは、固めた拳を我愛羅の頬《ほお》に叩《たた》き込んでいた。我愛羅の皮膚《ひふ》を覆《おお》った砂の鎧《よろい》が、破片を散らして崩れていく。

不意に、我愛羅を囲んでいた障壁がただの砂に戻って崩れ落ちた。我愛羅は身を大きくのけぞらせ、ゆっくりと倒れていく。

あたりを押し包むように、砂煙がわき上がった。

8

壱、弐、参が融合《ゆうごう》して出現した鬼芽羅《キメラ》の魔獣《まじゅう》は、シカマルたちの頭上を飛び越え、ついさっきカカシのくぐった門を守るようにその前に降り立った。

魔獣は、地の底から響《ひび》くようなうなり声を発して、シカマルたちを威嚇《いかく》した。

「大丈夫か!」

突然、目の前から敵が消え去ったことをいぶかしんだ、ネジやキバたちが駆けつけてくる。

鬼芽羅を見上げ、シノが低くうなった。

「これでは、オレの寄《き》壊蟲《かいちゅう》を展開させる隙《すき》もない」

仲間に助けおこされたシカマルが、テンテンを振り返った。

「テンテン、鎖《くさり》を出せるか?」

「ええ！」

いのがたずねる。

「どうするの？」

「まず、あいつの翼《つばさ》の動きを止める」

シカマルがそう言ったところで、鬼芽羅が前に飛び出してきた。

「グルルル！」

「散れ！」

シカマルの声と同時に、一抱《ひとかか》えもある巻物《まきもの》を構《かま》えたテンテンを除《のぞ》いて、仲間たちはいっせいに散開した。

「ハアッ！」

かけ声とともにテンテンが巻物を開くと、口寄《くちよ》せされた何本もの鎖が鬼芽羅めがけていっせいに飛び出した。まるで生きているかのように、鎖はするすると鬼芽羅の全身に巻きついていく。

「よし、いっせいに鎖を引け！」

影縛《かげしば》りの印《いん》を結びながら、シカマルが叫んだ。

鬼芽羅の周囲に展開した仲間たちが、テンテンの放《はな》った鎖の端《はし》をつかんで動きを押さえ込んだ。シカマルも影縛りの術を放ち、鬼芽羅を止める。

いのが言った。

「こいつの起爆羽根《きばくばね》、厄介《やっかい》だもんね」

場に、鬼芽羅の低いうなり声と、引っ張られた鎖の立てるギギギという音が響《ひび》く。

「さて……こっからどうすっかだが……」

印を結んだ姿勢で考えをめぐらせようとするシカマルに、ネジが言った。

「シカマル、おまえはナルトを追え！」

「なに？」

顔を向けるシカマルに、ネジが続けた。

「こいつを倒すには、全員でかかってもかなりの時間が必要だ。それに、おまえの考えているることくらい、わからないオレたちではない」

シノがネジの言葉を継《つ》いで続けた。

「ナルトの気持ちはわかる。しかし、里の忍《しのび》にとって、火影《ほかげ》の命令は絶対だ……」

「ここは、オレたちに任《まか》せろ」

ネジはそう言うと、白眼《びゃくがん》を発動した。

全身を使って鎖を引きながら、キバも声を上げた。

「行け！　シカマル！」

「ナルトくんを……お願い！」

ヒナタもまた白眼になりながら、シカマルに言った。ヒナタの手から鎖にチャクラが流れ込み、それが鬼芽羅へと伝わっていく。おなじことを、ネジも行っていた。

鬼芽羅が苦しげなうなり声とともに、わずかだが力を弱めるのがわかった。

テンテンがシカマルを見た。

「こいつを足止めしているうちに……」

「シカマル！」

「里を守って」

チョウジといのだった。

「おまえたち……」

戸《と》惑《まど》うように仲間たちを見回し、シカマルはふっといつもの皮肉っぽい笑いを浮かべた。

「フン……まったくめんどくせー」

シカマルはすばやく影を戻し、その場を離れようと一歩踏み出した。刹那《せつな》、右足に走った苦痛に、膝《ひざ》が折れそうになる。鷹の放った羽根の爆発で傷ついた足は、思ったよりも相当悪いようだった。

「くっ、このっ！」

苦痛を押し殺し、シカマルは飛んだ。巨獣の背を飛び越え、大門の前に降り立つ。

それからシカマルは仲間を一度だけ振り返り、門を押し開いて、その向こうへと姿を消すのだった。

門を抜けると、須弥山《しゅみせん》の頂きはすぐそこに迫《せま》っていた。

崖《がけ》に沿《そ》って作られた道を駆け上がっていくシカマルは、その途中にたたずむ砂の大瓢箪《おおびょうたん》を背負《せお》った人影に気づいた。

「我愛羅！」

腕組みをして山頂を見やっていた我愛羅は、シカマルの声に肩越しに振り返った。

「ナルトは行った」

「え!? まさか、あんた……」

「止めようとしたのだがな」

「そんな、あんたが取り逃がすなんて」

「自来也からいろいろ聞いた……理論的に考えて、カカシの作戦しか敵を倒す方法はない」

　シカマルはほんのわずか悲しげな笑《え》みを浮かべた。

「フッ……その通りだぜ……」

「しかし、ナルトと久しぶりに手合わせして、あいつの熱い心も届いた……」

　その言葉に驚いて、シカマルは身を乗り出した。

「なんだって？」

「なぜなのか、あいつのあきらめないド根性の忍道《にんどう》には、一分《いちぶ》の揺るぎもない。ナルトの可能性にかける自来也の気持ちもわかる」

　シカマルは鼻を鳴らした。

「心のままに動けるあいつが、うらやましくなる時がある。しかし、いまはそんなこと言ってられねえ」

　シカマルは真剣な表情になって続けた。そこには、いつものけだるげな調子は微塵《みじん》も感

じられなかった。

「オレはアスマから託された〈玉《ぎょく》〉を……里の未来を担《にな》う子供たちを守らなきゃならねーんだ！」

我愛羅は何も答えなかった。

少しの間があって、シカマルは言った。自分に言い聞かせるように。

「オレがナルトを止める。たとえ、殺してでもな……」

9

ナルトは走っていた。我愛羅との戦いを切り抜け、先行している仲間たちに追いつくために。

なにより、カカシを止めるために。

切り立った岩場の連続する場所を駆け抜け、複雑に連《つら》なる岩棚《いわだな》を飛び越える。

「ここは……」

ナルトは、ついこの間目撃した龍《りゅう》の顎《あぎと》の門と、その向こうにそびえる神殿風の建物を一望する場所に立っていた。

「あの時の……」

ナルトはつぶやきながら、懐《ふところ》から鈴《すず》の入った小箱を取り出し、見つめた。

「カカシ先生……どこ行ったんだ……」

サクラたちが追跡を続けているはずだったが、それも我愛羅の妨害のせいで、カカシの行く先を見失わないでいるという保証はない。ナルトは鈴に目をやりながら、内心わき起こる不安を必死に抑《おさ》え込んでいた。

「カカシ先生ーっ！」

不意に聞こえてきたサクラの声に、ナルトは素早くその場を飛び出した。ほどなくして、サクラとサイの立つ場所に行き当たる。

「サクラちゃん！ どうしたんだ？」

隣に立ったナルトに、サクラは前方を指さして見せた。

「ナルト、あれ……」

「え!?」

それほど離れていない場所を、龍の門に向かって歩くカカシの姿があった。

「カカシ先生！　サクラちゃん、どうして止めねーんだ!?」

サクラは困惑《こんわく》した表情で答えた。

「何度呼びかけてもダメなのよ」

「カカシさんは、敵の術中に完全に落ちているようだ」

肩越しに振り返ったサイが言った。

ナルトはカカシの背中を呆然《ぼうぜん》と見つめていたが、やにわに声を上げて駆け出していった。

「このーっ！」

ゆっくりと歩くカカシに追いつくのは簡単だった。だが。

「カカシ先生！」

手を伸ばせば届きそうな距離で声をかけたにもかかわらず、カカシはまったくの無反応だった。

「カカシ先生、返事してくれってばよ！　オレがわかるだろ!?」

カカシは、ただ歩いてゆくだけだった。

「待ってくれよ！」

やむにやまれず、ナルトはカカシの腕をつかんだ。

「!?」

その袖口《そでぐち》からのぞいた異様な紋章《もんしょう》に、ナルトは息を呑《の》んだ。

一瞬緩《ゆる》んだナルトの手をふりほどき、カカシは歩き続けた。

「なんだ、あれ!?」

サクラとともに追いついてきたサイが言った。

「時限式の術式です。たとえ拷問《ごうもん》にあって失神したとしても、術は時刻通りに発動する。どんな術かまでは見ただけじゃわからないけど、たいていはまわりを巻き込んで発動する攻撃型の術が選ばれることが多い」

「それじゃまるで、生きている時限爆弾みたいじゃない！　だいたい、どうしてそんなに詳《くわ》しいの、サイ？」

サクラの言葉に、サイは肩をすくめた。

「暗部《あんぶ》の使う術だからさ。もっとも、めったに行われない、最後の手段だけどね」

ナルトは、驚きに一瞬言葉をつまらせた。

「それじゃあ、カカシ先生は自分から……」

「そういうことだ」

背後からの声に、ナルトたちはいっせいに振り返った。離れた場所にある岩陰《いわかげ》から、シカマルが姿をあらわした。

「シカマル！　おまえ、最初から知っていたのか!?」

シカマルはナルトたちに向かって歩を進めながら、静かな声で答えた。

「ああ……術をほどこしたのは火影《ほかげ》さまだ」

ナルトが驚きの表情を浮かべる。シカマルは続けた。

「敵がカカシ先生を取り込もうとする無防備な一瞬、万華鏡写輪眼《まんげきょうしゃりんがん》が発動する。それが、あらゆる忍法を自在に取り込んでしまう敵を破る唯一《ゆいいつ》の方法だからだ」

「綱手のばあちゃんが……最初からカカシ先生が死ぬことを覚悟の上で……そんな、ばかな……」

呆然《ぼうぜん》とつぶやくナルトは、ギギギと重い音を立て、門が開かれる音に気づいた。振り返ると、いままさにカカシが門の向こうに姿を消そうとしているところだった。

「わかったか……それが、カカシ先生の火の意志なんだ！」

ナルトはカカシの背中に目を向け、肩を小刻《こきざ》みに震わせていた。

「そんなの……」

息を絞《しぼ》り出《だ》すように言って、ナルトは大きくかぶりを振った。

「そんなの、ぜってー……」

そして、カカシを追って前へ飛び出していく。

「ダメだってばよぉ！」

素早く追いすがったシカマルが、ナルトの肩をつかんで止めた。

「ナルト！」

シカマルは、力の限りを込めてナルトの肩を引き寄せながら言った。

「いまのカカシ先生に、おまえの声は届かねえ！」

だが、ナルトはシカマルを振り返り、強くにらみつけながらその腕を振り払った。

「届かせてみせる！」

「ナルト！」

今度はシカマルも追いつくことはできなかった。素早く飛び出したナルトは、カカシの後を追って開いた門の中に飛び込んでいく。

「カカシ先生ーっ！」

「ナルトーっ！」

ナルトの後を追って、サクラとサイも駆け出していった。

一人取り残されたシカマルは、ナルトたちの背中をにらみながら、いらだたしげに舌打ちするのだった。

10

カカシは、長い岩のトンネルの中をうつろに目を光らせながら歩いていた。

折り重なった岩の隙間《すきま》から、時折《ときおり》神殿がのぞく。まるでそこから直接響《ひび》いてくるように、声が聞こえてきた。

「久しぶりだね、はたけカカシ……待ちかねていたよ……そろそろ金環日蝕《きんかんにっしょく》が始まる……」

その声は、カカシの後からトンネルに飛び込んだ、ナルトたちにも聞こえていた。

「おまえか！　おまえがカカシ先生を……」

ナルトは宙に向かって叫んだ。

「なんなんだよ！　なんで木ノ葉の里を目の仇《かたき》にしてんだよ！」

カカシの向かっている神殿の奥に身を潜《ひそ》め、闇《やみ》の中でじっと時を待つ人影――卑留呼を名乗った人物――が、静かに言葉を続けた。

「……かつて、木ノ葉に卑留呼という男がいた……その男が、今日という日を夢見て、カカシに傀儡《くぐつ》の呪《のろ》いをかけたのは、遠い過去の話だ……」

声は、ナルトたちに向かって語り始めた。

「卑留呼は、自来也、綱手、そして大蛇丸《オロチまる》、後《のち》に木ノ葉隠れの伝説の三忍と呼ばれる彼らと、竹馬《ちくば》の友と言っていい関係にあった。しかし、卑留呼は、伝説の三忍のように、すぐれた忍《しのび》としての資質を持ち合わせてはいなかった……」

卑留呼は生まれつき身体《からだ》が病弱だった。ごく簡単な体術の訓練でさえ満足にこなすことができないほどに。そのため、仲がよかったはずの自来也たちとの間には、しだいに越えられない隔《へだ》たりができていったのである。

自来也たちがなみの忍者だったなら、まだ彼はそこまで歪《ゆが》まなかったかもしれない。けれども、卑留呼の親友たちは、里でも最高の技量と力をあわせ持つ、最強の忍者となっていった。

それでも卑留呼は親友たちの背を追い続けた。

「彼は自《みず》らの脆弱《ぜいじゃく》な肉体を補《おぎな》うため、研究に没頭した」

卑留呼は、唯一《ゆいいつ》三人の親友に匹敵《ひってき》するその知性を用いて、里でも研究者として知られるようになった。実際、当初はいくつか実用的な成果も上げ、それなりの評価を得ていったが、それがいつの頃からか、しだいに歪んだものへと変化していったのである。

「合成合身《ごうせいがっしん》の術〈鬼芽羅《キメラ》〉の開発に成功したのは、彼が研究を始めてずいぶんたってからのことだった」

卑留呼は、いつしか、鬼芽羅なるおぞましき合成合身の禁術の開発に手を染《そ》めていた。それは、生命の禁忌《きんき》を犯《おか》す混沌《こんとん》の呪術《じゅじゅつ》だった。卑留呼はそれを長い歳月をかけ、完成へと近づけていったのである。

「そんな時だった。はたけカカシの身にあんなことが起きようとは……」

それは、第三次忍界《にんかい》大戦も末期、後に神無《かんな》毘橋《びきょう》の戦いと呼ばれることになる激戦地でのことである。

上忍《じょうにん》になったばかりのカカシは、指導教官のミナト、仲間のオビトとリンとともにこの戦いに参加していた。

「ぐあっ！　目がァ！」

目蓋《まぶた》の上から左目に切りつけられ、カカシはもんどりうって倒れた。仲間のオビトをかばうためだった。

彼らは、捕《と》らえられた仲間のリンを救うため、敵を追跡している途中だった。

「カカシ、大丈夫か!?」

「くっ……ああ」

こうなったのも、カカシとオビトが反目し合っていた結果だった。オビトだけが悪いわけではなかった。だが、オビトの未熟さが原因であることもまた確かだった。

オビトは、名門うちは一族の人間だった。だが、写輪眼《しゃりんがん》を使えない彼は、一族の中で落ちこぼれ扱《あつか》いだった。写輪眼が発動できなければ、忍者としてはなみの才能しか持ち合わせていないオビトは、いち早く上忍になったカカシに嫉妬《しっと》心《しん》を抱《いだ》いていたのである。

もちろん、心のどこかで、オビトはそんな自分を恥じていた。だが、まさかこんな結果になるとは。

敵はまだ立ち去ってはいなかった。

そして、戦えるのはオビト一人だった。

自分は口先だけの落ちこぼれだ。それは、オビト自身がよく知っていることだった。口先だけのオビトは、いつも仲間に助けられてばかりだった。

だが、だからこそ、オビトは自分の決意を、口先だけのもので終わらせたくはないと思った。

その決意が、オビトの真の力を引き出したのかもしれない。

突然、オビトが背後に向かってクナイを突き出した。とたん、誰もいなかったはずの場所に、腹部を貫《つらぬ》かれた敵忍者の姿が浮かび上がった。

「なぜだ……見えるわけはない……」

クナイを突き出したまま、肩で息をつくオビトの瞳《ひとみ》に、巴《ともえ》型の模様が浮かび上がっていた。それこそ、オビトが写輪眼を会得《えとく》したなによりの証《あかし》だった。

写輪眼の能力を得たオビトは、カカシと組んで、敵を追い込んでいった。忍者としての才能にあふれたカカシと、写輪眼のオビトが協力し合うことで、二人は無類の強さを手に入れていた。

だが、悲劇はその先に隠れていた。

やっとリンを救出できたと思ったその瞬間、彼女が捕らえられていた岩穴は、敵の忍術で一気に崩壊《ほうかい》していた。脱出できないほどではないはずだったが、左目を失ったカカシは、死角を突いて降ってくる石をかわすことができなかった。

ぼんやりと見上げた目の前に、さらに巨大な岩が迫《せま》っていた。

だが、次の瞬間、カカシは、自分が無事であることに気がついた。頭上に降ってきたと思った岩は目の前にあった。そして、その下にいたのは、オビトだった。

「オビトーッ!!」

頭に石を受けてもうろうとしたカカシは、懐《ふところ》に飛び込んで自分を突き飛ばしたオビトに救われていたのである。その命と引き替えに。

「はたけカカシはその戦いから帰ってきた。あの時は驚いたよ。なぜなら、カカシは戦闘で殉職《じゅんしょく》したうちはオビトから、血継限界《けっけいげんかい》の力、写輪眼を譲《ゆず》り受《う》け、自分のものにしていたのだから」

声は語った。

「わたしは、これだと思った。鬼芽羅の術で血継限界の力をわがものにできれば、自来也や綱手、大蛇丸のように強くなれると……しかし」

そこで、声は怒《いか》りを帯《お》び、強い調子で続けた。

「その研究を知った火影《ほかげ》は、わたしを抹殺《まっさつ》しようとした！　よりにもよって、三忍たちを差し向けることでな!!」

「そうさせたのはおまえだろうが！」

ナルトが叫び返す。だが、卑留呼の声は、それ以上なにも答えなかった。

11

ナルトはいつしかトンネルを抜け、神殿へと続く岩の橋にさしかかっていた。サクラとサイ、それから少し遅れてシカマルもやってくる。

カカシはすでに橋を渡り切り、開け放たれた神殿の入り口の手前で立ち止まっていた。

「ここに卑留呼が……」

サクラの息を呑《の》む声が聞こえた。ナルトが、神殿に向かって叫ぶ。

「さっさと姿を見せやがれ！」

ぺた、ぺたと石造《いしづく》りの床を裸足《はだし》で歩いてくる音が響《ひび》いた。ややあって、闇《やみ》に沈んだ入り

口の向こうから、小柄《こがら》な姿があらわれる。

異様な姿だった。長い袖口《そでぐち》は完全に手首を覆《おお》い隠《かく》し、さらに長く垂《た》れている。まっすぐに立った襟元《えりもと》は、ぐるりと口元を囲んでいて、鼻から下を見えなくしていた。鼻の上には、ぐるぐると包帯が巻きつけてあるのが見える。

「カカシ、さあ、おいで……」

卑留呼は、正面に立つカカシを迎え入れるように、だらりと長い袖を大きく左右に広げた。

「きみの血継限界《けっけいげんかい》で五つめだ……わたしは、ついに不死の完全忍者になれるんだよ‼」

常軌《じょうき》を逸《いっ》した声でそう叫ぶと、卑留呼は天を見上げ、高笑いを始めた。

カカシはそれに呼応するかのように、ゆっくりと進み始めた。

「カカシ先生！」

焦燥《しょうそう》もあらわにナルトが前へ出る。

「カカシさんを止める方法は、やつを倒すしかないみたいだ」

サイの言葉と同時に、ナルトたちはいっせいに飛び出していった。

「待て！　──グッ」

一人残ったシカマルが後を追おうとするが、足に走った激痛にその場にうずくまってしまう。

「そいつに忍法を使うんじゃねえっ！」

だが、ナルトは警告などまるで気にしていないように、影分身《かげぶんしん》の印《いん》を結んだ。

「多重《たじゅう》影分身！」

おびただしい数の煙が噴《ふ》き上がり、ナルトの分身たちが出現する。分身はカカシを追い越し、いっせいに卑留呼に向かって飛びかかっていった。

「血継限界の一つ、嵐遁《らんとん》、雷雲腔波《らいうんくうは》！」

叫びながら卑留呼が印を結んだとたん、その足元から電光をまといつかせた雲がわき上がった。それはたちまちのうちに成長し、周囲の空間に向かって電撃をばらまいていた。

いましも卑留呼に襲《おそ》いかかろうとしたナルトの分身たちは、その攻撃を受けて瞬《また》く間に消滅していった。

だが、それは囮《おとり》だった。ナルトの本体は、ひそかに身を低くして地を走り、真正面から卑留呼に向かっていく。その手には、螺《ら》旋丸《せんがん》が凄《すさ》まじい力で渦《うず》を巻いていた。

気配でそれを感じ取った卑留呼は、素早く左手の包帯を巻き取り、あらわになった手のひらをナルトに向けて突き出した。

「螺旋丸！」

ナルトの螺旋丸が卑留呼の手のひらに触れたとたん、乱回転するチャクラの塊《かたまり》は、ばらばらになって手のひらに刻《きざ》まれた呪印《じゅいん》の中へ吸い込まれていった。

「その二、冥遁《めいとん》、吸穴孔《きゅうけつこう》！」

「!!」

「冥遁はチャクラを吸い込む」

そう言いざま、卑留呼は右手でナルトの腕をつかんで、恐るべき腕力で地面に叩《たた》きつけた。

「ぐわっ！」

「ふふふ……」

余裕を見せて笑う卑留呼の頭上から、墨絵《すみえ》の鷲《わし》にまたがったサイが急降下する。背中の刀を引き抜き、構《かま》えたその時だった。

卑留呼は視線をナルトに据《す》えたまま、左手を頭上に掲《かか》げた。たちまち鷲からチャクラが吸い取られ、形を保《たも》てなくなって分解する。

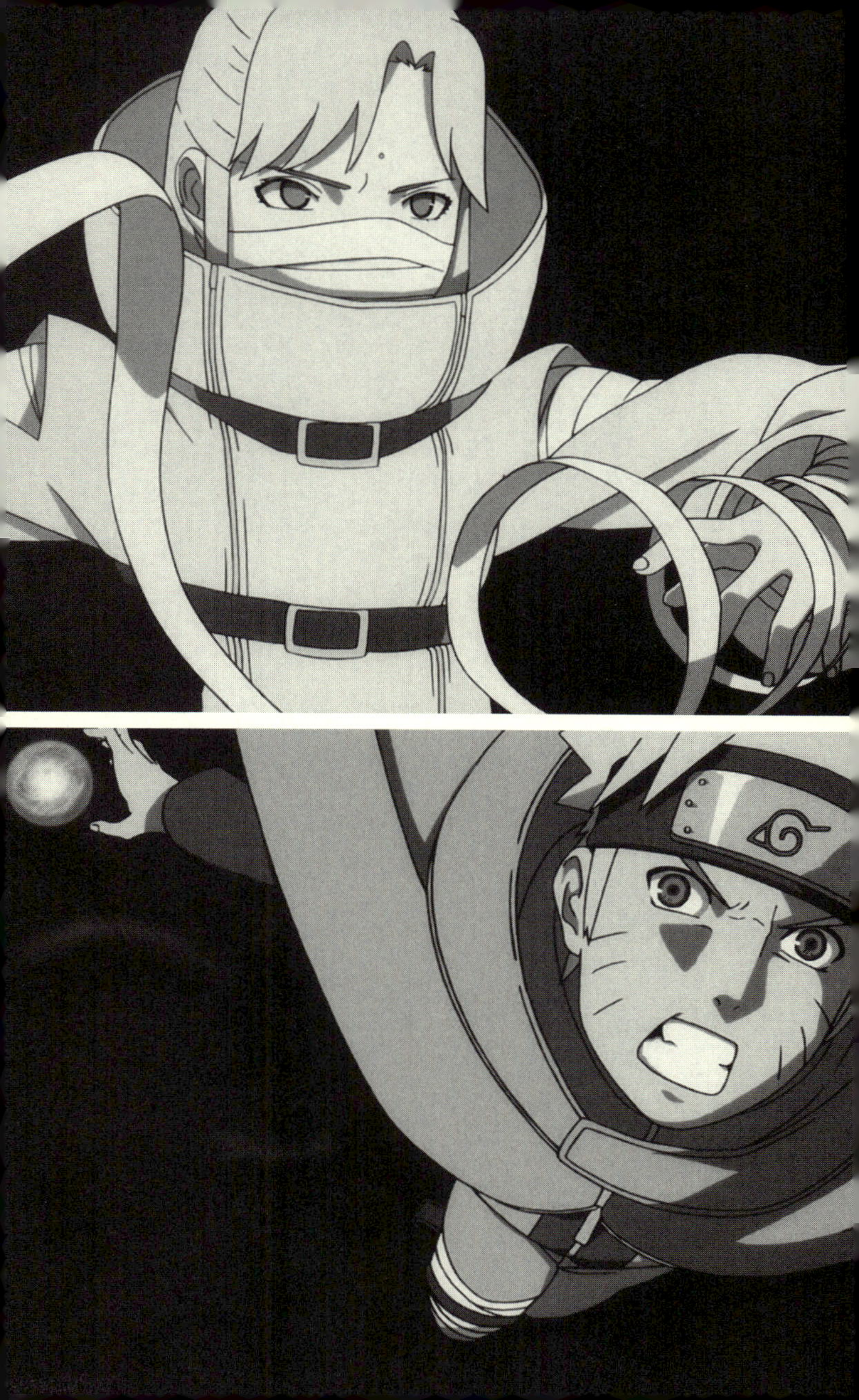

サイは素早く鷲の背を離れ、落下の勢いを利用して卑留呼の頭上から斬《き》りかかった。

だが、卑留呼が右手で刀身を受け止めたとたん、乾いた金属音とともにサイの刀は真っ二つに折れていた。

「その三、鋼遁《こうとん》を手に入れたオレに、刃《やいば》は通用せぬ」

ナルトとサイが、卑留呼のもとから飛びすさった。

「しゃんなろオォォー！」

卑留呼の横合いから、拳《こぶし》を固めたサクラが襲いかかった。

「その四、迅遁《じんとん》！」

そう言いながら卑留呼が印を結んだと思われた刹那《せつな》、サクラはその姿を見失っていた。

勢いのついた拳が、空《むな》しく地面を叩き割る。

シュンと空気のこすれる音を立て、卑留呼がサクラの左に姿をあらわした。

「パワーバカに、オレを捉《とら》えることなどできない！」

瞬時に三発の蹴《け》りをそれぞれ別方向から食らって、サクラは凄まじい勢いで吹き飛ばされた。声もなく宙を飛ぶサクラを、素早く回り込んだナルトがなんとか受け止める。

「いまのやつは忍法を取り込むだけじゃない！　四つの血継限界を自由自在に使いこなす

こともできるんだ！」

足を引きずってナルトたちのもとに向かいながら、シカマルが叫んだ。

「冥遁、邪自滅斗《じゃつじめんと》！」

卑留呼の突き出した左手の呪印から、炎と化したチャクラの奔流《ほんりゅう》が噴き出した。

「うわぁあああああ！」

それは、ナルトたちを呑《の》み込んで、彼らを一気に岩のトンネルへと押しもどしていった。

岩が折り重なるようにしてできているトンネルの隙間《すきま》から、逆流した炎と煙が、まるで噴火のように激しく噴き出している。恐ろしいまでの密度を持つチャクラの炎は、ひどく重いトンネルの岩を大きく揺さぶり、打《う》ち砕《くだ》き、地響きを轟《とどろ》かせた。

「おまえたちからもらったチャクラだ。返してやったかわりに、そこでしばらくおとなしくしてろ……」

それから、卑留呼は、近づいてくるカカシに目を向けた。

「さあ、カカシよ、わたしと合成合身《ごうせいがっしん》し、完全体となるのだ」

全身からぶすぶすと煙をくすぶらせながら、ナルトは顔を上げ、卑留呼に導《みちび》かれるように神殿へと入っていくカカシを見た。

「……カカシ先生……ダメだ、その門をくぐったら……」

「これでいい……もう、これしか方法はねえ……」

だが、そのシカマルの声は、どこか悔《くや》しさをにじませているのだった。

奪還！ の章

1

天空神殿の儀式の間《ま》は、天窓から差し込む光で明るく照らされていた。

ちょうど天窓の真上にある太陽が、儀式の間の中央に光の柱を落としている。

卑留呼《ヒルコ》はゆっくりとその中へ入りながら、背後のカカシを振り返った。

「おまえがわたしに完璧《かんぺき》な身体《からだ》を作る術のヒントをあたえてくれた……」

赤く目を光らせながら、うつろな表情のカカシが、一つだけ空《あ》いている十字架の前に立った。

卑留呼は天窓を見上げ、降《ふ》り注《そそ》ぐ陽光に目を細めた。

「あの光に月が影を作り、金環《きんかん》を描く。その時、太陽の光は特別な力を持つのだ。その輝きを浴びた時、おまえはわたしの一部となり、わたしは不死の完全忍者になるのだよ……カカシ」

2

「カカシ先生……」

いまだにくすぶる衣服にもかまわず、ナルトは震える身体《からだ》を引き起こし、立ち上がろうとしていた。

「くそー……」

なんとか立ち上がったナルトの前に、シカマルが、やはりよろける身体で立ちふさがった。

「ここは、通さねえ！」

「しつけーな、どけ！　シカマル!!」

だが、シカマルは負けずにナルトをにらみ返した。

「オレは玉《ぎょく》を……里の未来を担《にな》う子供たちを守らなけりゃならねえんだ」

「ああ、守らなきゃな……カカシ先生の教えを……そして、里の仲間であるカカシ先生を……」

肩を上下させ、苦しげに息をつきながらも、ナルトはまっすぐにシカマルを見返し、言葉を続けた。

「守らなきゃな……オレたちの里を……里の仲間たちを……里の子供たちを」

「だったらなんで!?」

「そしてオレは守らなきゃならねえ……子供たちに残すべき一番大事なものを……」

シカマルは眉《まゆ》をひそめた。

「一番大事なもの……？」

「ああ。未来の子供たちが、信じ、誇《ほこ》りと思えるような里を守らなきゃならないんだ！　里の掟《おきて》を守るのが忍《しのび》。仲間を守るためなら、命すらかけるのが木《こ》ノ葉《は》の忍……だけどよ、最初から仲間の命を犠牲《ぎせい》にしようなんて、ホントに里のやり方なのか？　おまえはそれでいいのかよ！」

シカマルは息を呑《の》んだ。ナルトの言葉のひとつひとつは、シカマルの心に突《つ》き刺《さ》さった。

「それで……それで助かったとしても、みんな喜ぶか？　……そんなのつらいだけだろ……そんなの、オレの大好きな木ノ葉の里じゃねえ！」

その場の全員が、ナルトの言葉に耳を傾けていた。

重い間《ま》が流れる。

「オレは……オレは、子供たちに守ってやりてえ！」

言いながら、ナルトは右手を突き出してよろよろとシカマルに近づき、そして襟《えり》をつかんで、力を込めて引き寄せた。

「!?」

「オレの大好きな木ノ葉の里を、未来の子供たちにも守ってやりてえんだよ！」

ナルトはなおも震える手でシカマルの襟をつかんでいたが、はあっと息を吐《は》き出《だ》し、ドンと突き飛ばすように手を放した。そうして、シカマルの肩にぽんと手を置いてから、ゆっくりと神殿に向かっていった。

シカマルの脳裏《のうり》に、あの時のアスマの言葉がまざまざと蘇《よみがえ》った。

『シカマル……玉ってのは、里の未来を担う子供たちのことだ……子供たちのために、オレの好きだった木ノ葉隠れの里を、未来永劫《えいごう》、守ってやってくれ……』

シカマルは不意に背後に立つアスマに気づいて顔を上げた。

『いいのか、シカマル』

ぼんやりとした姿でたたずむアスマは、シカマルに向かってそうたずねて、うまそうに煙草《たばこ》をすうっと吸った。

「あいつが守ろうとしているのは、アスマ……あんたと同じだ」

『ふーっ……ああ……』

アスマは、いつものようにふうっと煙を吐き出し、一つうなずいた。

「あいつは、あんたが玉と呼んだ子供たちの未来に、大事なものを残そうとしている」

『それもまた、火の意志だ』

アスマは笑っていた。

「アスマ……」

シカマルは取り出した形見《かたみ》のライターを開き、シュボッと火をつけた。

幻影のアスマが、ナルトを追うようにして歩いていく。振り向いたシカマルは、ナルトの上にアスマの姿が重なるのを確かに見ていた。

それを呆然《ぼうぜん》と見送っていたシカマルは、ふと違和感を覚えて、ナルトの周囲に視線を走

らせた。ナルトが通ると同時にぼんやりと光る札《ふだ》を見つけて、シカマルはとっさに印《いん》を結んでいた。

「ナルト‼」

はっと振り返るナルトに向かって、鋭く針のような何本もの影が伸びる。ほぼ同時に、ナルトを包み込むように周囲の地面から薄膜《うすまく》が出現した。誰か引き返す人間がいたら発動するように、トンネル内に仕込まれた罠《わな》だった。

一瞬早く、ナルトのもとに届いていたシカマルの影縫《かげぬ》いの術が、半球状に広がった罠を内側から突き破っていた。

砕《くだ》け散《ち》る罠の向こうで、シカマルを振り返るナルトの姿がふたたびあらわれた。完全に脅威《きょうい》が去ったと判断して、印を解《と》き、立ち上がったシカマルは、わずかに目をそらし、こう言った。

「ナルト、火の意志はいま、おまえに引《ひ》き継《つ》がれた。おまえはおまえの信じる忍道《にんどう》を貫《つらぬ》け」

「シカマル……」

照れくさそうにうつむくシカマルに一つうなずいてから、ナルトはカカシがいる神殿に向き直った。

「わかった!!」

身につけた外套《がいとう》を脱《ぬ》ぎ捨《す》て、ナルトは駆け出した。

「シカマル、おまえの気持ちは受け取ったってばよ！」

「……」

走り去るナルトの背を見送ってから、シカマルは手にしたライターに目を落とした。

「ナルト……」

サイがよろよろと身体を起こし、やはりナルトの後ろ姿を見つめる。サクラもまた、期待に満ちた目で、ナルトを見た。

「頼むわよ……」

天にかかった太陽は、早くも欠《か》け始めていた。それを見上げ、ナルトはぎゅっと表情を引《ひ》き締《し》め、さらに足を速めて駆け出した。

「させるかーっ！」

トンネルの入り口の上に立って、ナルトたちを見下ろしていた我愛羅《ガアラ》は、静かな口調でつぶやいた。

「自来也《じらいや》が言っていたのはこのことか……」

我愛羅の周囲を砂が取り巻き始める。

「あの男に命運をかけるか、木ノ葉……」

いつしか砂は風に流れ去り、我愛羅の姿は消えていた。

太陽は、その間にもしだいに欠け続けていた。その時は、すぐそこに迫《せま》っていた。

3

「太陽が月に隠れ、金環日蝕《きんかんにっしょく》のまがまがしい光が地上を照らす時……天、地、人の条件が整《ととの》う……」

卑留呼は天窓の向こうの太陽から、磔《はりつけ》にされている忍者たちに視線を移して、最後にカカシを見据《みす》えた。

「はたけカカシ……おまえの写輪眼《しゃりんがん》がわたしと一体になるのだ」

卑留呼の足元から、ずるずると流れ出るものがあった。それは液体のようでありながら、自在に形を変え、卑留呼の身体を高く持ち上げていく。さらに、ざらざらと周囲の忍者たちのもとへ広がって、彼らをゆっくり取り込み始めた。

「やめろ！」

卑留呼が声の方向を振り向いた。

広間の入り口に、ナルトが立っていた。

「みんなに手を出すんじゃねえってばよ！」

「フフフフフ……」

鼻を鳴らすように笑いながら、卑留呼はカカシ以外の忍者たちを一瞬のうちに同化していた。とたん、卑留呼の足元からあらわれた半透明のうごめく物体が、急激に巨大化する。

そして、それはカカシの身体《からだ》をも包み込んでいった。

「金環日蝕の光の力を得て、いま、合身《がっしん》は完璧《かんぺき》なものになる」

半透明の物体の中で、カカシの身体が崩《くず》れていくのが見えた。同時に、頭上を覆《おお》う天窓と、それを囲むように配された五つのステンドグラスからの光が、急速に色と明るさを失っていく。

驚いて頭上を見たナルトは、中央の天窓の中で、漆黒《しっこく》の月を取り巻くように薄い陽光が輝くさまを目の当たりにしていた。

金環蝕が完成したのだ。

「このーっ！」

ナルトが突進する。それを迎《むか》え撃《う》つように、卑留呼の足元から、尺取り虫《しゃくとりむし》のように変形した物体がナルトに向かって襲《おそ》いかかった。

「わっ、わっ！」

予測のできない動きに翻弄《ほんろう》され、ナルトはまともにその攻撃を食らっていた。壁まで吹っ飛ばされ、床に転がる。

「もう遅かったよ……カカシは完全にわたしの一部になった！」

儀式の間《ま》に卑留呼の笑い声が響《ひび》く。

「ふざけんなぁっ！」

ダメージをものともせず立ち上がり、ナルトが叫ぶ。

卑留呼はなおも笑い続けていたが、突然口元を押さえたかと思うと、苦悶《くもん》の声を上げ始めた。

「ヴッ、ウウウウウウウーヴ……ヴッ――ウウウ――――ウゲッ」

身をよじらせ、卑留呼が激《はげ》しくえずいている。足元の物体は激しくうごめき、卑留呼自身の苦悶のほどをあらわしているようだった。

「グエゲェェ!!」

卑留呼全体から、激しく液体が噴《ふ》き出《だ》した。それはたちまち床全体に広がり、濁《にご》った水《みず》浸《ひた》しになる。

ナルトはその様子《ようす》を見つめていたが、ややあって、卑留呼に向かって駆け出した。

「なんだ!! カカシ！」

卑留呼は身体を硬直《こうちょく》させながら、咆哮《ほうこう》するかのように叫んでいた。

「何をやっているんだ！ わたしの身体の中で、勝手なことをー!!」

カカシに仕掛けられた術が発動したのは、間違いなかった。

「!?」

やがて、ぶくぶくと泡立つようにふくらんでいた卑留呼から伸びた物体は、その表面にひびを走らせたかと思うと、その隙間《すきま》から強く光をもらして急激にしぼみ始めていた。

「カカシ先生は万華鏡写輪眼《まんげきょうしゃりんがん》で、自分ごとあいつを異世界に!? でも、それじゃ、カカシ先生も死んじまう！」

ナルトは素早く印《いん》を結んだ。

「多重影分身《たじゅうかげぶんしん》!!」

おびただしい数の分身が、卑留呼を取り巻くように出現する。そのナルトたちが、いっせいに螺旋丸《らせんがん》を作り出した。

「螺旋丸! うりゃーっ!」

数十人のナルトが、叫びながら卑留呼に飛びかかった。卑留呼から激しく噴出する液体や蒸気で消滅させられるものの、その前に次々と螺旋丸を叩《たた》き込んでいく。

卑留呼の巨体は、最初はその猛攻にも耐《た》えているように見えた。だが、凄《すさ》まじい数の螺旋丸を撃《う》ち込《こ》まれるうちに、小さなひび割れがつながって、大きな亀裂《きれつ》が生まれていた。

「なにぃっ!」

残ったナルトたちが、螺旋丸を掲《かか》げて同時に叫んだ。

「ら・せ・ん・が・ん!!」

崩壊《ほうかい》しつつある卑留呼の肉体に、いっせいに凄まじい破壊力を持つチャクラの塊《かたまり》がねじこまれる。

「うぎゃーっ!」

一瞬、螺旋丸の閃光《せんこう》と、卑留呼の肉体から噴き出した蒸気で、広間が満たされた。天窓は弾《はじ》け飛《と》び、衝撃《しょうげき》が儀式の間を大きく揺さぶる。

卑留呼の身体にさらに大きな裂《さ》け目《め》が生まれていた。ナルトたちは、それに手をかけ、全力をかけてこじ開けた。

「うりゃ————ああ————ッ‼」

気《き》合《あい》とともに、本体のナルトがその隙間に飛び込んでいく。ナルトの身体が半分以上入り込んだところで、亀裂が閉じる。わずかにはみ出たナルトの足を分身たちがつかんで引っ張ろうとするが、卑留呼の吸引力は凄まじく、つかまった何人もの分身ごと引き込まれそうになった。

「くっ……うう……このォオオオーッ！」

卑留呼の体内で、ナルトは必死で手を伸ばしていた。伸ばした手の先には、カカシの放《はな》つ写輪眼の光が見えた。

力を込めて身を乗り出すナルトの視界に、ぼんやりとカカシの姿が見えてきた。

ナルトが腕をさらに伸ばす。だが、卑留呼の体内を漂《ただよ》うカカシに、その腕は届きそうで届かなかった。歯を食いしばり、身体の伸ばせるあらゆる部分を伸ばして、ナルトは、ついにカカシの手をつかまえていた。

「もう、放さねえーっ！」

持てるすべての力を込めて、ナルトはカカシの身体を引っ張り上げた。

「うおーっ！」

分身たちに引き戻され、ナルトはカカシをつかんだまま卑留呼の身体から飛び出していた。

「先生、先生……しっかりしてくれよ、先生！」

ナルトは、卑留呼の体内から引きずり出したカカシを十字架のところまで運び、それにもたれさせるように座らせた。そうして、目を閉じたままぴくりとも動かないカカシに向かって、必死で呼びかけていた。

「目を覚ましてくれよ！　頼むから、カカシ先生！　起きてくれよ！　……サクラちゃんとも約束したんだ……カカシ先生を守るって、約束したんだ！」

だが、カカシは目を覚ます気配を見せなかった。

「……どうして、どうしていつもこうなんだよーっ……くそっ！」

怒《いか》りとあせりから、ナルトは拳《こぶし》をカカシの背後の十字架に打ちつけた。

「くそっ……」

腹の底からこみ上げる悔《くや》しさに、ナルトはうつむき、その場に座り込んだ。

短い静寂《せいじゃく》があった。

「おはよ……」

ナルトはその声に、はっと顔を上げた。声の方向を見たナルトは、目を見開き、涙をあふれさせた。

「先生……」

「こんなところで、何やってんだ？」

カカシがうっすらと右目を開けて、横目でナルトを見た。

「……ナルト」

「カカシ先生、心配したってばよー。ほら、これ」

ナルトは、腰のポーチから鈴《すず》を取り出して見せた。澄《す》んだ音が響いた。

「直したってばよ！　カカシ先生に頼まれたから……」

追跡の途中で小休止をした時、ナルトはひとり休息も取らず、潰《つぶ》れた鈴を直していたのだった。

「この鈴の教えにしたがって、オレは追いかけてきたんだ！」

カカシはまだどこかうつろな目で、ナルトの差し出す鈴を見ていた。

「オレはカカシ先生の教えをぜってー忘れねえ……忍《しのび》の世界でルールや掟《おきて》を破るやつはクズ呼ばわりされる……けど、仲間を大切にしないやつは、それ以上のクズだ！　って」

「ナルト……」

カカシの表情がわずかに緩《ゆる》む。そうして、ふと考える顔になり、ふうっとため息をついた。

「やれやれ……オレが生きてるってことは、作戦は失敗だな」

「……」

カカシが向けた目から、ナルトは決まり悪げに顔をそらした。

「フフフ……」

「!?」

ナルトがさっと振り返る。卑留呼の含《ふく》み笑《わら》いが聞こえてきたからである。

「礼を言うよ、ナルト」

あれだけの螺旋丸を食らい、カカシを引きずり出されて、動きを止めた卑留呼を見て、ナルトは相手を倒したと思い込んでいた。

だが、部屋の中央には、人間の姿に戻った卑留呼が四《よ》つん這《ば》いに近い姿勢で座っていた。いきなり頭を振り上げ、卑留呼はそのまま大きく反《そ》り返《かえ》ってしまう。自分のだらしない動きにあきれたように、大きくはあっと息を吐《は》き出《だ》してから、卑留呼は、ふたたび機械仕掛けのように身体を起こし、ナルトたちに異様な視線を向けてきた。

「あのままなら、わたしはカカシとともに飛ばされるしかなかった」

不気味だった。卑留呼は目のあたりから上を除《のぞ》いて、その全身が包帯で覆《おお》われていた。腹部にはコルセットをつけているものの、その下も包帯であろうことはまず間違いなかった。

「しかし、カカシの教え子が、わたしを救ってくれたんだよ」

「！」

「……まだ金環日蝕は終わっていない。地の利、天の利はまだわたしにある。カカシ、おまえを殺して、人の利を取り込んでやる！」

卑留呼の目が異様な光を放った。同時に腕を広げ、全身からチャクラを放出し始める。信じられない量と強さのチャクラが、竜巻《たつまき》のように放たれた。それは天井を突《つ》き崩《くず》し、神殿の内部を破壊しながら、大きさを広げていった。

ナルトが驚きの声を上げる。

「なんだ!?」

「逃げるぞ、ナルト!」

ナルトとカカシは、凄まじいチャクラの渦《うず》の向こうで、ゆっくりと宙に浮かび上がっていく卑留呼を見ながら、あわててその場を離れた。

壁の石積みが崩れ、床がめくれ上がり、凄まじい重さの壁の破片が、紙切れのように宙に舞い上がった。神殿が、崩壊《ほうかい》し始めていた。

4

中央の塔《とう》を突き抜けて、目もくらむチャクラの光が飛び出している。

巨大な神殿が激《はげ》しく揺れていた。壁にはそこかしこに大きな亀裂《きれつ》が走り、ガラガラと音を立ててガレキが降ってくる。

神殿の前に立つ、サクラ、サイ、そしてシカマルは、その光景を前に、ただ見ていることしかできなかった。

「!?」

シカマルが、門の向こうから駆けてくるナルトとカカシに気がついた。その背後で閃光《せんこう》が走ったかと思うと、突然、門全体が内側から吹き飛んでいた。

身の危険を察したシカマルたちが、手近な岩場に身を隠したとたん、神殿全体が発光し、ふくらんだように見えた直後に大爆発した。

「ナルト……やっちまったか？」

爆風がおさまるのを待って顔を出したシカマルは、完全に崩壊した神殿の上に舞い降りる人影を目にしていた。卑留呼だった。

さっきまで身につけていただぶだぶの着衣は失《う》せ、全身に包帯を巻きつけた痩《や》せぎすの身体《からだ》が見えている。

卑留呼のまわりでは、まるで物体が重さを失っているかのようだった。転がっていたガレキが、彼が周囲より小高くなった場所に着地すると同時に、ふわりと舞い上がる。

卑留呼は、ゆっくりと歩きながら、静かな声で言った。

「待つのだ、わが友カカシよ。さあ、わたしの一部となるのだよ」

それから彼は立ち止まり、あらぬ方向に顔を向ける。その視線の先には、ガレキの間に身を潜《ひそ》めたナルトとカカシの姿があった。

ナルトは立ち上がり、シカマルたちに向かって声をはり上げた。

「なにをぼさーっとしてやがる！　カカシ先生は守ったぜ！　火《ひ》の意志を引《ひ》き継《つ》ぐのはオレだけじゃねえ！　木ノ葉の仲間たち、全員だあ!!」

その声に応《こた》えて、サクラが立ち上がった。

「あいつを倒せばいいのね」

その隣で、サイも立ち上がる。

「やりましょう！」

そして、手前の岩の陰《かげ》から、シカマルも立った。いつもの皮肉めいた笑いを浮かべて。

「しかたねえ……」

だが、顔を上げたシカマルのまなざしは、まっすぐ卑留呼を見据《みす》えていた。

「こうるさいやつらめ！　おまえたちなど……」

卑留呼は右の親指を口元に持っていき、カリリと音を立てて噛《か》んだ。

同時に、シカマルたちが卑留呼に向かって駆け出していく。

「わたしが手を下すまでもない」

そう言って、卑留呼は血の流れ出した指先を、左の手のひらに突き立て、その手のひらを地面に押しつけた。

「口寄《くちよ》せ！」

ざあっと口寄せの術式が地面に広がり、煙が噴《ふ》き上がる。なみの煙の量ではなかった。

それは凄《すさ》まじい勢いでまわりに広がっていき、ナルトたちの視界を完全に奪《うば》っていた。

鎖《くさり》とチャクラで全身を縛《しば》りつけられていた魔獣《まじゅう》鬼芽羅《キメラ》は、突然、苦悶《くもん》の咆哮《ほうこう》を上げ始めた。

「なに？」

鬼芽羅に起きた異変に、ネジが眉《まゆ》をひそめる。その時だった。

鬼芽羅を、地面から噴き出した巨大な煙が押し包んだ。

「うわっ!!」

突然手ごたえがなくなって、リーやチョウジが後ろへ倒れる。

吹きつけた煙に、ヒナタやテンテン、いのが悲鳴を上げた。

煙が晴れていくと、すでに鬼芽羅の姿はどこにもなかった。

「なんだ?」

驚くチョウジのそばで、立ち上がったネジが言った。

「口寄せされたようだな……」


煙の中に、黒々とした影が浮かび上がる。

「ゴオアアアアアアアアアーッ!」

自由を取り戻した鬼芽羅は、大気を震わせる咆哮を上げた。

シカマルが顔をしかめた。

「こいつとは、もう会いたくなかったんだが……」

「わたしにまかせて!」

外套《がいとう》を脱《ぬ》ぎ捨《す》て、サクラが前に出る。

「そういえばカカシさんにいただいた本によると、女性は愛する男性のためなら、無限大に強くなるそうで……」

取り出した本に目を落とすサイを、サクラは目を見開き、鬼のような顔でにらみつけた。

それに気づいて、サイが顔を引きつらせる。

「そっちは頼むってばよ！」

ナルトは、そう言ってサクラたちに視線を送る。その先に立って、カカシが歩き出した。

「本当なら、オレの命と引《ひ》き換《か》えに、すべて片づいてたはずなんだがな」

「文句なら聞かねえってばよ」

カカシの言葉に、ナルトはにいっと笑った。

「オレは、カカシ先生に教わったことを守っただけだからな」

カカシは何も答えず、ただ、肩越しにナルトを振り返った。そうして卑留呼に向き直り、言った。

「いくぞ……ナルト……」

「ああ」

答えると同時に、ナルトは駆け出した。カカシも隣で足を速める。

鬼芽羅の戦いに目を向けていた卑留呼は、向かってくるナルトとカカシに気づいて、ちらりと視線を向けた。

おりしも、鬼芽羅はその巨大な翼《つばさ》を羽ばたかせ、高く巨体を舞い上がらせていた。そうしてサクラたちを見下ろし、かっと開かれた口腔《こうこう》から火遁《かとん》の炎を吐《は》き出した。

地をなめる炎をかわし、シカマル、サクラ、サイの三人は、岩場を逃げ惑《まど》っていた。三人の逃げ方はいかにも危なっかしく、何度も炎に触《ふ》れそうになりながら、ぎりぎりのところでかわすということを繰《く》り返《かえ》していた。やがてしびれを切らせたか、鬼芽羅は地上に舞い降りて、巨大な前脚《まえあし》で直接サクラを踏みつぶそうとした。

サクラは紙一重《かみひとえ》でそれをかわし、大きく宙に飛んで、傾《かし》いだまま立っている塔の残骸《ざんがい》にとりついた。

シカマルは、金環蝕《きんかんしょく》の太陽を振《ふ》り仰《あお》いだ。

「この日の光でもできるか?」

いまだ、太陽の大半は月の落とす影に隠れている。だが、ほんのわずかはみ出しただけとはいえ、陽光は足元に影を落とすには十分な明るさがあった。

シカマルは鬼芽羅に向き直り、印《いん》を結んだ。

「影縫《かげぬ》い!!」

地を這《は》う影の糸が、恐るべき速度で鬼芽羅に迫《せま》る。それは一瞬にして鬼芽羅の落とす影に潜《もぐ》り込み、何本もの鋭利《えいり》な針金のようになって鬼芽羅の巨体を貫《つらぬ》いていた。

「グギァー！」

貫かれた部分から体液をまき散らしながら、鬼芽羅はもがき苦しんだ。だが、影によってしっかりと地面に縫いつけられ、ほとんどその場から身動きすることもできないでいる。

「いまだっ!!」

シカマルの声に応えて、サイが巻物《まきもの》の上に筆を走らせた。

「忍法、超獣偽画《ちょうじゅうぎが》!!」

サイが印を結ぶ。とたん、巻物から二頭の墨絵《すみえ》の獅子《しし》が飛び出していった。

その背に、塔から飛び降りたサクラが降り立つ。全身をめぐるチャクラを固めた拳《こぶし》に集中させながら、叫んだ。

「桜花衝《おうかしょう》!!」

鬼芽羅の背後から獅子の背を蹴《け》って飛んだサクラは、そのすぐ近くの地面に、渾身《こんしん》の一撃を叩《たた》き込んでいた。

「しゃんなろ――――ッ！」

須弥《しゅみ》山《せん》山頂の岩場に、凄まじい勢いで亀裂が走った。それはたちまち地面の崩壊を引き起こし、鬼芽羅の巨体を呑《の》み込んだ。

「グワァア――――――ン」

凄まじい咆哮を残し、鬼芽羅は地面に沈んでいった。


「甘い!! 甘いよ!!」

ナルトとカカシの猛攻を、舞うような動きですべてかわし、卑留呼は余裕の笑《え》みさえ浮かべて言った。

卑留呼はくるりと身体を回転させ、ほどいた何本もの包帯を、空中のナルトに向けて放っていた。ナルトはなんとか身をかわし、攻撃をやりすごす。狙《ねら》いをはずれた包帯は、触れたものすべてを切《き》り裂《さ》き、打《う》ち砕《くだ》いていった。

恐るべき速度で卑留呼は攻撃を繰《く》り出《だ》し続けた。ナルトはそれらをなんとかかわし続けるが、反撃の余裕はまったくなかった。

と、ナルトへの攻撃が、様子《ようす》をうかがっていたカカシへと向かった。その攻撃をかわして飛びすさるカカシに、卑留呼は言った。

「あきらめろ……カカシ! わたしに取り込まれるのだ!」

包帯を手もとに引き戻し、背中を丸めるように構《かま》えた卑留呼は、短く印を結びながら叫んだ。

「嵐遁奥義《らんとんおうぎ》、嵐鬼龍《らんきりゅう》!!」

たちまち噴き出すチャクラに引き寄せられるように、どこからともなく出現した黒雲が渦《うず》を巻きながら卑留呼を中心に天へと上っていく。

「うわっ!!」

押し寄せる黒雲に、ナルトが驚いて声を上げる。黒雲に触《ふ》れたとたん、ガレキがふわりと宙に舞い上がり、バチバチと電光を走らせた。

それを見やり、カカシがつぶやく。

「こりゃ、ただの雷雲じゃないな……」

「チャクラを得て無限に成長する積乱雲《せきらんうん》。そのエネルギーを、すべてこの地に注《そそ》いでやる！」

影縫いの印を結んだまま、シカマルは彼方《かなた》に立ちのぼる黒雲に目をやって顔をしかめた。

「あいつは確かに鬼芽羅の術が生んだ四つの血継限界《けっけいげんかい》を持つ化け物……しかしまだ、五人目のカカシ先生を取り込んでいない以上、完全体ではない……ん!?」

何かに気づいたか、シカマルの目が細められる。

シカマルの視線の先には、印を結び、チャクラの放出を続ける卑留呼の姿があった。その胸元の包帯がわずかにほどけ、その下の皮膚《ひふ》がのぞいている。そこには、見るも痛々しい大きな縫い傷があった。

シカマルはナルトに向かって叫んだ。

「ナルト！　あいつのカカシ先生を取り込むべき部分は、まだ空洞《くうどう》だ！」

ナルトは油断なく身構《みがま》えたまま、わずかにシカマルに視線を送った。シカマルが続ける。

「いま、やつの唯一《ゆいいつ》にして最大の弱点は、胸の傷だ！」

チャクラの放出が終わり、黒雲はいまや須弥山の頂上を覆《おお》い尽《つ》くすまでに成長していた。

「よおしっ！」

つぶやきながら、ナルトがカカシに目顔《めがお》で合図する。カカシはそれに応え、うなずいた。

頭上の黒雲から雷鳴が轟《とどろ》く。その時だった。シカマルは、もはや自分の術が効力を持たないことにようやく気づいた。そうでなくても薄暗かったあたりは、いまや影もできないほどに暗くなっていた。

崩《くず》れた岩場に埋まっていた鬼芽羅が、咆哮とともにシカマルに向かって襲《おそ》いかかってくる。

とっさに脱出しようと身構えたシカマルは、足に走った激痛に思わず膝《ひざ》をついていた。

「――しまった！」

逃げ遅れたシカマルと、そのシカマルに一瞬注意を奪《うば》われたサイが鬼芽羅の口に呑まれる。

だがその刹那《せつな》、二人は何者かの手によって救出されていた。大きく開かれた鬼芽羅の顎《あご》が、空《むな》しくガレキを噛《か》む。

シカマルは、赤毛の大犬の背にまたがっていることに気がついた。犬は鬼芽羅から離れた場所に着地し、身を低くしてシカマルを下ろす。そこでようやく、シカマルは自分を救ったのが赤丸《あかまる》であったことを知った。

鬼芽羅は背中に開いた穴から、凄まじい勢いで煙を噴射しながら、ふたたび宙に舞い上がっていった。その噴射に巻き込まれそうになったサクラを、いのが抱《かか》えて脱出する。

シカマルのそばに着地したサクラは、目の前に立つ仲間たちを見渡した。

「みんな……」

「来てくれたんだ」

キバに救われたサイが、言いながら立ち上がる。

鬼芽羅を足止めするために下に残った仲間たちが、頼もしげな笑《え》みを浮かべてシカマルたちを見返していた。

チョウジが、いつもの緊張感の感じられない声で言った。

「よーし！　みんなー、いくよ！」

その言葉と同時に、全員がその場を離れる。

チョウジは秘伝の丸薬《がんやく》を口に放り込み、ごくりと呑み込むと同時に印を結んだ。

「超倍化《ちょうばいか》の術!!」

噴き上がるチャクラの煙とともに、チョウジの肉体が何倍にも巨大化する。その重みに耐《た》えかねて崩れる崖《がけ》とともに、いったんは谷底へと落ちていくかに思えたチョウジは、身体を丸め、猛然と回転しながら斜面を駆け上がっていった。

「肉弾戦車《にくだんせんしゃ》！」

もうもうたる粉塵《ふんじん》と破片をまき散らしながら、チョウジの巨体が回転する弾丸となって、空中の鬼芽羅に向かって飛び上がった。さしもの魔獣も、その直撃を受けて大きくその巨体を揺らがせる。

「牙《が》通牙《つうが》!!」

キバと赤丸が、猛然とダッシュしながら獣人《じゅうじん》に変化《へんげ》した。同時に、身体をひねりながらドリルのように回転を加え、空中へと飛翔《ひしょう》する。分厚《ぶあつ》い扉も貫通《かんつう》する牙通牙の術が、鬼芽羅の翼を貫《つらぬ》き、引き裂いた。

さらに、サイの放った墨絵の獅子に乗ったネジとヒナタが鬼芽羅の背に飛び降りる。二人はその背中を疾走《しっそう》しながら、チャクラを放出する手のひらで点穴《てんけつ》を連打していった。

「八卦六十四掌《はっけろくじゅうよんしょう》!!」

チャクラの流れを寸断され、鬼芽羅は悲鳴を上げた。

「木《こ》ノ葉《は》旋風《せんぷう》!!」

きりきりと身体を旋回させ、凄まじい勢いを加えたリーの蹴《け》りの一撃が、鬼芽羅の固い殻《から》に覆われた頭部に叩き込まれる。すでに大きく高度を下げていた鬼芽羅は、地面に叩き落とされ、岩を砕いてまき散らした。

「テンテン！」

宙を舞うリーが叫ぶ。駆け出してきたテンテンが、巨大な巻物をほどいて、鬼芽羅に向かって渦を巻くように回転させる。

「くらえっ！　操昇竜《そうしょうりゅう》!!」

大きく巻物を回転させながら、テンテンは、その内に封じられた無数の武器を解《と》き放《はな》った。

5

カカシは額当《ひたいあ》てを持ち上げ、写輪眼《しゃりんがん》を露出した。

「ナルト！」

目を向けるナルトに、カカシは親指を立てて見せる。その合図に、ナルトはにいっと笑《え》みを浮かべ、卑留呼に向き直った。

「よっしゃー！」

ナルトは立ち上がり、影分身《かげぶんしん》の印《いん》を結んだ。

「多重《たじゅう》影分身!!」

数十、いや数百——あるいは数千のナルトがいっせいに出現する。

目の前にあらわれた無数のナルトたちを見渡して、卑留呼は喉《のど》を鳴らした。

「くくく……わたしに忍法など無意味だ」

ナルトたちは、二人一組になっていっせいに螺旋丸《らせんがん》を作り始めた。それも、一抱《ひとかか》えはある大型の螺旋丸を。

「大玉《おおだま》螺旋丸！」

目の前にあらわれる無数のチャクラの輝きにも、しかし卑留呼は動じなかった。印を結び、全身からチャクラを放出する。

「ハッ！」

卑留呼の身体《からだ》から、ざあっと薄暗い空間が広がった。それは瞬《また》く間にナルトたちを呑《の》み込み、影分身を消滅させていく。後には、彼らが作り出した螺旋丸だけが残っていた。

「くっくっくっくっくっ……」

卑留呼が笑う。その口元から包帯がずり落ち、異様なシワに覆《おお》われ、耳元まで裂《さ》けた口があらわになった。卑留呼は怪物じみた口を大きく開き、かあっと音を立てて空気を吸い込んだ。

「シャアアァァァァァァァ――――ッ」

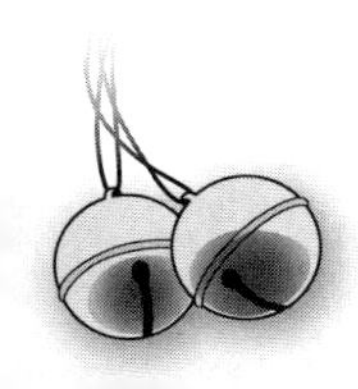

螺旋丸の輝く球体が、卑留呼の口へ次々と吸い込まれていく。

「すべてはおまえたちに返してやるさ！」

離れた場所からその様子《ようす》を見上げていたナルトは、不意に真横に出現した気配に目を見開いていた。

「!?」

「くくくくくく……」

半透明の流体状になって、瞬時にナルトの横まで移動した卑留呼が、右手に大玉螺旋丸を構《かま》え、立っていた。

「うわっ!!」

かわす間《ま》もあたえず、卑留呼は螺旋丸をナルトの腹に叩《たた》き込んでいた。閃光《せんこう》とともに、圧縮されたチャクラが大爆発を起こす。

卑留呼は奇怪な容貌《ようぼう》ににやにやとした笑いを浮かべ、吹き飛んだナルトを満足げに見やった。と、卑留呼がはっとなにかに気づいた。

爆煙の向こうに別の気配が潜《ひそ》んでいる。ごうっと吹きつける風に煙が流れ去ったその場所に片膝《かたひざ》をついて身構《みがま》えているのは、カカシだった。むき出しになった左目の瞳《ひとみ》が、通常の写輪眼とは明らかに異《こと》なる、複雑な形の紋様《もんよう》を浮かべている。

「万華鏡《まんげきょう》写輪眼!!」

卑留呼のいるあたりの空間が大きく歪《ゆが》んでねじ曲がった。胸の縫《ぬ》い目《め》がブチブチと音を立てて引き裂け、どす黒い体液がほとばしる。

卑留呼は一瞬驚いた表情を浮かべたが、すぐに余裕を取り戻し、左手を前にかざした。

「ムダよ！　たとえ万華鏡写輪眼の瞳術《どうじゅつ》だろうと、この冥遁《めいとん》のチャクラ吸収を防ぐことはできん!!」

左の手のひらにある呪印《じゅいん》が異様な輝きを帯《お》び、空間を歪めたチャクラを吸収していく。

「ぐっ！」

ついに術の効果は完全に消え、同時にカカシは左目を押さえてうずくまった。かなり術にも慣れてきたはずだったが、それでも一度使うだけでチャクラの大半を持っていかれるこの術は、カカシを大きく消耗《しょうもう》させていた。

「さて……邪魔《じゃま》者《もの》がいなくなったところで、じっくりと同化させてもらおうか」

「螺旋丸！」

卑留呼の背後のガレキが吹っ飛び、その中から螺旋丸を構えたナルトが飛びかかる。

卑留呼は天を仰いだ。

「ああ……しつこいな、まったく」

卑留呼は左に身体を回し、ナルトに向かって左手を突き出した。螺旋丸を構えたナルトが、ぐにゃりと歪む。空間に穿《うが》たれた穴に引き込まれる瞬間、ナルトは煙になって消えた。

「……影分身」

「本物は――」

その声とともに、卑留呼の周囲にあるガレキがいっせいに吹っ飛んでいた。

「こっちだー！」

何人ものナルトたちが、卑留呼に飛びかかった。術を放《はな》つ間《ま》をあたえず、力任《ちからまか》せに身体を押さえ込む。だが、卑留呼はその小柄《こがら》な身体からは信じられない力で、組みついたナルトたちを次々と引きはがしていった。ナルトも負けずに分身で襲《おそ》いかかるが、卑留呼の力はそれ以上だった。

ついにまといつくナルトをすべて振り払った卑留呼は、冥遁の印を結び始める。

「うおりゃー！」

弾《はじ》き飛《と》ばされたナルトたちが立ち上がり、右手で拳《こぶし》を固め、卑留呼に向かって突進した。

「ムダなことだ！」

卑留呼は不気味な口元を歪めて、忍法をチャクラ化する波動を解《と》き放《はな》った。向かってくるナルトたちのほとんどが煙と化すなか、たった一体だけ、消滅しない分身がいた。

いや、正確に言えば、それはナルトの分身ではなかった。卑留呼の放った冥遁の術に触《ふ》れた瞬間、ナルトだったものはカカシの姿へと変わっていた。

「雷切《らいきり》!!」

卑留呼に向かって突進しながら、カカシは短く印を結んだ。とたん、右手にバチバチ、シュウシュウと音を立てて電光がまといつき始める。弾ける雷遁《らいとん》のチャクラで地面をえぐりながら、カカシは一直線に卑留呼の死角から突進した。

「ああ……なるほど」

背を向けたまま、卑留呼は落ち着いた声で言った。

「それを狙《ねら》っていたのか」

にやーっと背筋《せすじ》の凍《こお》りそうな笑みを浮かべ、卑留呼がカカシを振り返った。カカシは目を見開いたが、止まらなかった。止められなかったと言うべきか。一度万華鏡写輪眼を放ったいま、この雷切がぎりぎり最後の技《わざ》だった。

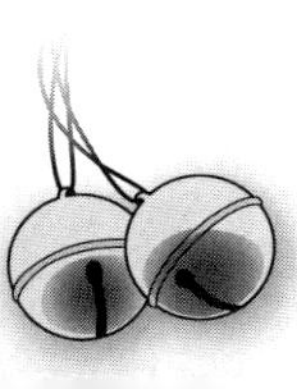

卑留呼はカカシに身体を向けたまま、何もしようとはしなかった。

「行ける！」

カカシは卑留呼の裂けた左胸を狙い、雷切を発動した右手を突き入れた。

「なんてね」

卑留呼がニヤリと笑う。

カカシの右手は、卑留呼に届く寸前でその左腕に受け止められていた。雷切の電光が、みるみる消失する。

表情を歪めるカカシに、卑留呼は勝《か》ち誇《ほこ》った笑みを浮かべようとしたが、胸の傷から流れ出た体液に、一瞬顔をこわばらせた。

卑留呼は苦痛に顔を歪めながらも、カカシを突き飛ばし、叫びながら左手からほとばしる電光を振り回した。

「受けろっ‼　雷切！」

ムチのように叩きつける卑留呼の攻撃をかわし、カカシは体術の限りを尽《つ》くしてその場を離れようとした。だが、唐突《とうとつ》に限界はやってきた。

「ぐ……クッ……」

チャクラの使い過ぎだった。急激に身体が重くなり、カカシはその場に崩れ落ちるように四《よ》つん這《ば》いになった。

「ちくしょーっ、まだだーっ!!」

大玉螺旋丸を構え、ナルトたちが卑留呼に向かう。卑留呼は周囲から向かってくるナルトたちを見回してから、電光を発する左手を地面に押しつけた。

「ふん、バカの一つ覚えが」

そこに、ナルトたちが突っ込んでくる。だが、卑留呼は大玉螺旋丸を、舞でも舞うようにひらり、ひらりとかわしていった。

それにやや遅れて、ナルトたちの足元から、いましがた卑留呼が地面に向けて放った雷切の電光が噴き出した。ナルトの姿が消え、取り残された螺旋丸が吸収されていく。

「はは、おろかな！　わたしに力をあたえるだけだというのに、ご苦労なこと……」

卑留呼の胸から、黒い体液が噴き出した。胸元を押さえ、荒く息をつきながら卑留呼は言った。

「な……に……くそ……カカシを吸収していないのに無理をしすぎたか……だが！」

卑留呼は、いままでにもまして凄《すさ》まじい勢いで電光を放ち始めた。もはやナルトたちは近づくことさえできず、むなしく消滅していくだけだった。

岩陰《いわかげ》に身を潜《ひそ》め、その様子《ようす》をじっとうかがっていたカカシは、乱れた呼吸をなんとかおさめようとしながら、悔《くや》しげな目でうつむいた。

「やはり……だめか……」

耳鳴りがする。どうやら、予想以上にひどいダメージらしい。だが、ここで投げ出すわけにはいかなかった。すくなくともナルトは、まだ——。

そこまで考えて、カカシははっと顔を上げた。

「これは……耳鳴りじゃない！」

キィイイイイイイイイイン。いまや、その金属的なかん高い音は、はっきりとあたりに響《ひび》き渡《わた》っていた。カカシはあたりを見回した。

近くにある半壊《はんかい》した塔《とう》の真上の雲に、回転する巨大な十字型の光が映っていた。その回転する十字にくりぬかれたように、黒雲に丸い穴が穿たれる。

「あれは……」

カカシはそれを知っていた。

雲に開いた穴の中央に、十字の形をしたチャクラの輝きがあった。それはまっすぐ卑留呼に向かって降下していた。

「フッ、まだそんな技があったのか……だが、言ったはずだ！」

卑留呼は左手の呪印を頭上に突き出した。

「忍法など、無意味だということを」

卑留呼の手のひらの上で、しゅるると音を立てて気流が渦《うず》を巻き始め、小さな螺旋丸が生まれる。それはゆっくりと大きさを増し——突然、弾けて壊れた。

どおっと音を立てて、卑留呼の胸の傷からいままでにない勢いで激しく体液が噴き出していた。手を当てて押さえても、もはやそれは止まることはなかった。

「吸い取れ……ない……くそ……ばかな……」

激しい咳《せき》とともに、卑留呼の口から黒い液体がほとばしる。

「あ、ありえない、こんな術！　絶対ありえないい!!」

頭上で回転する十字のチャクラは、ありえないほどに入り組んだチャクラの構造を持っていた。単一の術に見えて、じつは違う。無数の刃《やいば》と化したチャクラが、乱回転しながらあの十字を構成しているのだ。

万全な状態なら、あるいはどうだったか。だが、カカシがおさまるはずだった左胸を裂

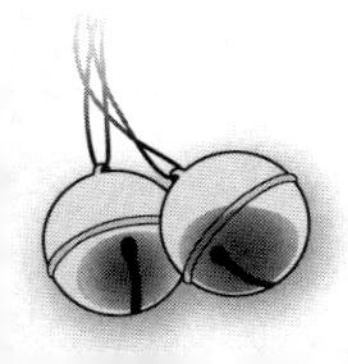

かれ、体内の均衡《きんこう》を失った状態では、とてもこれだけの複雑な術をチャクラに変換して吸収することはできなかった。

「くらえ！　忍法、風遁《ふうとん》・螺旋手裏剣《らせんしゅりけん》！！」

ナルトの差し上げた右手の上で、それは圧倒的な力を内包し、まさに手裏剣のように回転していた。ナルトの口から咆哮《ほうこう》がもれる。

「このぉおおおおおーっ!!」

呆然《ぼうぜん》と見上げる卑留呼の頭上で、その術は炸裂《さくれつ》した。

卑留呼は声にならない叫びを上げた。

卑留呼の研《と》ぎ澄《す》まされた神経は、その攻撃のひとつひとつをはっきりと認識していた。認識していながら、何もすることができなかった。術が卑留呼の身体に触れたとたん、手裏剣を構成する無数の刃はいっせいに卑留呼の全身を貫き、引き裂き、ずたずたにしていた。身体を巡《めぐ》るチャクラの流れは完全に寸断され、細胞ひとつひとつが力を失い、死へと向かう。

卑留呼は全身に燃え上がるような苦痛を感じた。苦痛を感じながら、不思議に自《みずか》らが浄化されていくような感覚を味わっていた。

テンテンの放った起爆《きばく》クナイは、鬼芽羅《キメラ》の全身を針山のように突《つ》き刺《さ》していた。すでに猛攻を受け、まともに身動きの取れない状態にあった鬼芽羅は、クナイを突き立てられたまま凍《こお》ったように動きを止めた。

テンテンは印を結び、気合《きあい》を発した。

「爆《ばく》!!」

「グワァァ――――ン」

最後の瞬間、鬼芽羅は一度だけ咆哮を発した。

刹那《せつな》、鬼芽羅の巨体は閃光に包まれ、跡形も残さず爆散した。

螺旋手裏剣は、須弥山の頂上を大きくえぐる爆発を起こしていた。自ら放った術の爆風に飛ばされ、必死で岩場にしがみつくナルトは、ふくれあがる巨大なチャクラの光球を見ながら、勝利を確信していた。

「……やった! やったってばよ!」

卑留呼が力を失ったからだろう、爆風が黒雲を吹き飛ばし、天にはふたたび太陽が姿をあらわしていた。いまや、月はほぼ太陽の上を過ぎ去り、わずかに丸い影を端《はし》に残しているにすぎなかった。

気がつくと、ナルトは仲間たちに囲まれていた。痛む身体をなんとか引き起こし、ナルトは仲間たちとともに、自分の作り出した巨大なクレーターをじっと見つめるのだった。

6

クレーターの底にほど近く、いまだに粉塵《ふんじん》の舞う場所で、地中から起き上がる人影があった。

カカシである。

体力をほぼ使い果たしていた彼は、螺旋手裏剣《らせんしゅりけん》の爆発から脱出することもできず、残ったチャクラで土遁《どとん》を駆使し、なんとか難を逃《のが》れていたのだった。

「くぅ……」

カカシの視線の先には、漂《ただよ》う土煙をすかして、たたずむ人影が見えた。

ほどけかかった包帯を身にまとった青年が、そこにいた。全身は傷つき、肌《はだ》の色に生気はなかったが、口のまわりの奇怪なシワも、胸の縫《ぬ》い傷も、その肉体にあったいまわしげな痕跡《こんせき》はすべて消え去っていた。

そう、彼は卑留呼だった。現在の姿こそ、彼本来の姿であった。

不意に卑留呼の膝《ひざ》が崩《くず》れる。朽《く》ち木《き》が倒れるように、彼は力なく地面に横たわった。

カカシは走った。足元をよろめかせながら、倒れた卑留呼のもとに駆けつけ、その身体《からだ》を抱き起こす。

卑留呼は力なく顔を上げ、閉じていた目をうっすらと開いた。

「おまえを取り込んで完全体になれるはずだったのに……何がいけなかった……」

「あなたは自《みずか》らの弱点を補うために、他人を切り捨て、たった一人で完璧《かんぺき》になろうとした……それが間違いだったんだ」

「それはしょせん、強く生まれ育った者の論理だ……あの時、わたしには仲間などいなかった……そう生きるしかなかった……」

その時、卑留呼の耳に聞こえる声があった。

『違うよ、卑留呼』

「!?」

それは、若き日の綱手《ツナデ》の声だった。

『わたしがいたわ』

カカシの後ろに、綱手が立っていた。その目は、少年時代のあの日々のように、卑留呼への信頼と友情にあふれていた。

『オレもだのう』

その横に、自来也《じらいや》がいた。さらにもうひとり——。

『卑留呼よ、目を覚ませ』

三代目火影《ほかげ》の声には、あの頃のように、厳《きび》しさの中に優《やさ》しさが込められていた。

かつての仲間たちが、穏《おだ》やかな目で卑留呼を見下ろしていた。

「あなたは孤独になるのではなく、仲間とつながるべきだった……そうすれば、仲間たちがあなたを助けてくれたはずだ……」

「仲間……そうか……」

卑留呼は、カカシに向かって心からの笑《え》みを浮かべた。

「今度はカカシ、あなたもおなじ過《あやま》ちを犯《おか》そうとしたんだ、ね……」

「ああ。オレも、卑留呼、あなたとおなじだよ……自分一人が犠牲《ぎせい》になれば里が救えるなど思い上がり、教え子たちと……仲間とつながることをやめた……里にとって一番大事なものを犠牲にしようとしていた……それが正しいと信じていたんだ。だけど、そうじゃなかった。そういう意味では、本当の意味での敗者は、オレのほうかもしれない……」

卑留呼の手が、カカシの手に重ねられる。

「カカシ……わたしでも……つながれたのか…………仲間たち……と……」

はあっと長く吐《は》き出《だ》される息とともに、その手が、力なく滑《すべ》り落《お》ちていった。

動かなくなった卑留呼を横たえ、カカシはゆっくりとその場に立ち上がった。

「――やったなー、ナルトー！」

背後でわき上がった声に、カカシは振り返った。

集まった仲間たちに、胴上げされているナルトが見えた。

カカシは目を細めてその様子《ようす》を見つめていたが、微笑を浮かべ、うつむいた。

「もう、とっくにオレを超《こ》えていたんだな、ナルト……」

エピローグ

峡谷《きょうこく》をはさんで対峙《たいじ》する、木《こ》ノ葉《は》と砂《すな》の軍勢のもとを我愛羅《ガアラ》が訪れたのは、須弥山《しゅみせん》での戦いに決着がついてほどなくしてのことだった。

風に乗ってやってきた砂が、さらさらと砂忍《すなにん》たちの前に降《ふ》り注《そそ》ぐ。驚く彼らの目の前で、砂の中から我愛羅が進み出てきた。

「我愛羅！」

テマリとカンクロウが駆けつけてくる。

「引け！　この件はすべて解決した」

我愛羅が指揮官の上忍《じょうにん》に命令する。

「はっ！」

指揮官は短く答えて敬礼を返し、てきぱきと部下たちに撤退《てったい》の指示を出し始めた。

それから我愛羅は崖《がけ》に向かって歩き出し、対岸にたたずむ綱手《ツナデ》と自来也《じらいや》に目線を送った。

その視線を受けて、綱手は自来也に言った。

「すまんな、自来也」

「はん？」

「おまえのおかげで助かった……」

だが、自来也はにやりと笑って答えた。

「……いや」

「……？」

「二人とも助けられたのよ。あいつら、わしらの若い頃には考えもつかんところまでたどりついておるのかもしれんのォ……」

綱手はじっと自来也の顔を見つめていたが、ふっと笑い、遠くを見る目になって言った。

「ああ……ったく歳《とし》を取るわけだ……」

カカシは龍《りゅう》の顎《あぎと》の上に立って、神殿のあった場所をながめていた。

そこに近づいたナルトが、腰のあたりから鈴《すず》を取り出し、差し出す。

「カカシ先生……」

「ん？」

「オレ、先生の教えを守り切ったってばよ」

　鈴がちりりと音を立てた。


　神無《かんな》毘橋《びきょう》の戦いのあの時、敵の奇襲によって仲間のリンを捕《と》らえられたカカシとオビトは、その先どう行動するかで対立していた。

　リンの救出を主張するオビトに対して、カカシはこう言った。リンを見捨てて任務を続行する、里の掟《おきて》は絶対だ、と。

　だが、オビトはカカシを殴《なぐ》りつけた後、背中を向けてこう言った。

「……確かに、忍《しのび》の世界でルールや掟を破るやつはクズ呼ばわりされる……けどな……仲間を大切にしないやつは、それ以上のクズだ。どうせおなじクズなら、オレは掟を破る！」

　その言葉は、少年時代のカカシに強い衝撃《しょうげき》をあたえた。

「オビト……」

「それが正しい忍《しのび》じゃないってんなら……忍なんてのは、このオレがぶっつぶしてやる！」

カカシは立ち去るオビトの背中を見送りながら、しかし、きびすを返し、任務の待つ場所へと足を向けた。

だが、オビトの言葉は、掟が絶対だと思い込んでいたカカシの心に、深く楔《くさび》を打ち込んでいた。かたくななカカシの心を解《と》き放《はな》つ、それは大きな一撃だった。

カカシは、ナルトの差し出す鈴に手を伸ばした。そしてそれを受け取り、じっと見つめてから、愛《いと》おしげに握《にぎ》りしめた。これはナルトたちだけのものではない。鈴の試練を課した自分にとっても、教え子たちとの絆《きずな》を思い起こさせてくれるものだった。

なにより、オビトが教えてくれた仲間を思う心の大切さを、後へ続く者たちへと伝える想《おも》いのこもった鈴だった。

「やっぱり……おまえ、似てるよ」

それからカカシはナルトを見返し、微笑を浮かべた。

「なんだよ、急ににやにやして、なんか気持ちわりいなあ～」

「え!?」

カカシが戸惑《とまど》った声を上げる。

「フケツです……」

ヒナタの声だった。

カカシが眉《まゆ》をひそめ、こちらに疑い深げな目を向けるヒナタ、いの、サクラたちを見る。

「カカシ先生、ナルトくんからもらったものをあんなに大切そうに……ナルトくんのプレゼントがそんなにうれしいんですか……?」

ヒナタが目をそらしながらそう言った。なにか激《はげ》しく勘違《かんちが》いされている。それだけははっきりわかった。

「時として、おなじドキドキする体験を共有すると、恋愛は生まれると書いてあります。しかし、男同士でもあることとは……」

サイがまったく空気を読まないあの調子で、カカシが渡した本を読み上げている。

シカマルが苦笑を浮かべてカカシを見た。

「おいおい、マジかよ」

「おい、おまえら、なに言ってんだ、これはそういう意味じゃなくてだな、おいサクラ、おまえ知ってるだろ、この鈴――」

サクラは、カカシを完全に無視していた。

「ガイ先生もおっしゃってました。それもまた青春の一つだと……」

なにかひどく納得《なっとく》した様子《ようす》でうなずくリーの横で、テンテンが白い目を向けてきた。

「前から怪《あや》しいとは思ってたのよね。最近、ずっとべったりだったようだし」

「だからあれは新術の修業でだな――！」

「カカシ先生……そうだったのかってばよ……」

ナルトが衝撃を受けた顔でカカシを見上げていた。

「うわぁあああああーっ！　オレ、そういう趣味はないってばよ――っ!!」

頭を抱《かか》え、ナルトが駆け出していく。

「ナルトーッ！　だからそれは誤解だ――っ！」


高峰《こうほう》に吹き渡る涼風《りょうふう》は、この地を覆《おお》っていたすべての出来事を、まるでなにごともなかったかのようにすべて吹き飛ばしていた。

空に浮かぶいわし雲はただ高く、澄《す》んだ蒼穹《そうきゅう》にどこまでも広がっていた。

NARUTO-ナルト- 疾風伝　火の意志を継ぐ者　　書き下ろし

この作品は、2009年8月公開劇場用アニメーション『劇場版 NARUTO-ナルト- 疾風伝　火の意志を継ぐ者』(脚本・武上純希)をノベライズしたものです。

[劇場版 NARUTO-ナルト-] 疾風伝　火の意志を継ぐ者

2009年8月8日　第1刷発行
2011年8月6日　第4刷発行

著　者　岸本斉史◉日下部匡俊

編　集　株式会社　集英社インターナショナル
〒101-8050　東京都千代田区一ツ橋2-5-10
TEL　03-5211-2632(代)

装　丁　亀谷哲也[PRESTO]

編集協力　添田洋平

発行者　太田富雄

発行所　株式会社　集英社
〒101-8050　東京都千代田区一ツ橋2-5-10
TEL　03-3230-6297(編集部)　3230-6393(販売部)　3230-6080(読者係)

印刷所　共同印刷株式会社

Printed in Japan　ISBN978-4-08-703207-9 C0093

検印廃止

ジャンプ小説新人賞
jNGP
Jump Novel Grand Prix
つかめ!!
小説《ノベル》の栄光!!
カット／桂路司
(jNGP'08 Winter
イラスト部門入賞)
きみの応募、
待ってるよ!!
自由創作!!
[小説フリー部門]
◆ジャンル・テーマは不問、ただし未発表作に限る。
毎回変わるテーマに挑戦!!
[小説テーマ部門]
◆提示テーマに沿った未発表作。
一作入魂のイラストを!!
[イラスト部門]
◆ジャンル・テーマ・表現方法（彩色方法、画材等）不問の未発表作品。
春・夏・冬の
3回募集!!
NGPが
生んだ
大型新人!!
私立エルニーニョ学園伝説 立志篇
jNGP'08 Spring 小説フリー部門 銀賞受賞!!
著者 SOW イラスト 河下水希
絶賛発売中!! 定価780円（税込）
募規定など、詳しくはHPで!!
http://j-books.shueisha.co.jp/